U0491197

李清照珍本文獻四種

〔宋〕李清照 著

浙江古籍出版社

圖書在版編目（CIP）數據

李清照珍本文獻四種 / (宋) 李清照著. -- 杭州 : 浙江古籍出版社, 2024. 11. -- (宛委遺珍). -- ISBN 978-7-5540-3128-5

Ⅰ. I214.422

中國國家版本館CIP數據核字第20244Q9A82號

宛委遺珍

李清照珍本文獻四種

〔宋〕李清照　著

出版發行　浙江古籍出版社

（杭州市環城北路177號　郵編：310006）

網　　址　http://zjgj.zjcbcm.com

責任編輯　周　密

文字編輯　譚玉珍

封面設計　吴思璐

責任校對　張順潔

責任印務　樓浩凱

照　　排　浙江大千時代文化傳媒有限公司

印　　刷　浙江海虹彩色印務有限公司

開　　本　710 mm × 1000 mm　1/16

印　　張　24.5

版　　次　2024年11月第1版

印　　次　2024年11月第1次印刷

書　　號　ISBN 978-7-5540-3128-5

定　　價　238.00圓

出版説明

李清照（一〇八四—約一一五五），號易安居士，齊州章丘（今屬山東濟南）人，宋代婉約詞派代表。李清照父親是『蘇門後四學士』之一的李格非。她早年生活優裕，十八歲嫁趙挺之之子趙明誠，夫婦雅好文翰，感情篤摯。靖康之難後，清照夫婦避地江南。高宗建炎三年（一一二九），趙明誠病逝，李清照輾轉流離江浙一帶，備嘗國破家亡之苦，并一度改嫁張汝舟（此事存疑），後終老於杭州。李清照著有《易安居士文集》《易安詞》，已散佚，後人輯有《漱玉集》《漱玉詞》。其詞當行本色，膾炙人口，人稱『婉約詞宗』。

本書包含四種李清照詩、詞、文、著作的鈔本。分别是：

一、《李易安漱玉詞》不分卷，國家圖書館藏清周紹曾咸豐間輯校本；

二、《漱玉詞》不分卷（附詩文、軼事，朱淑真《斷腸詞》一卷），上海圖書館藏沈汝瑾光緒間輯校本；

三、《李易安叢集》不分卷，浙江圖書館藏馮貞羣民國間輯本。其中包括《李易安著作考》《打馬圖經》《李易安文》《李易安詞》《李易安詩》《易安居士事輯》等；

四、《打馬圖》一卷，國家圖書館藏清嘉慶間秦氏石研齋鈔本。

第一種文獻題名《李易安漱玉詞》，收詞五十一首。無欄格，顏體小楷鈔寫，每半頁八行，行二十字。正文偶有周氏校記，如《生查子》題下注云：『此係朱淑真作，舊本均鈔入《漱玉集》中，今姑仍之，以俟考。』

另有朱筆圈點、墨筆眉批，或爲收藏者所加。目録之後、正文之前有鈔校者周紹曾題識一篇，言此集爲周氏咸豐五年（一八五五）隨宦金沙（今江蘇金壇）時所鈔。卷首署名『汳（汴）梁周紹曾鳧尊父』，查清代後期有杭州府仁和縣周紹曾，字耐孫，號也垞，又號纘盦，道光二十九年（一八四九）舉人，姓名及時代皆相符，但籍貫、字號不同，不確定與此集校訂者是否爲同一人。

此本卷前鈐印『琴川翁氏慵盦所藏古今詞曲之二百零七』，卷首又有『翁之潤藏』『澤之秘笈』，知爲常熟翁之潤舊藏。翁之潤（一八七九—一九〇五），字澤芝，亦作澤之，翁同書曾孫，翁斌孫之子，曾官刑部主事，著有《桃花春水詞》一卷，輯有《曝書亭詞拾遺》三卷附《志異》一卷、《題襟集》八卷。翁之潤收藏歷代詞集較富，撰有《慵庵所藏詞曲總録》一卷，其中即著録有此本。此本卷末題『辛未九月贈宛君閨友』，不詳何人所題。

第二種文獻原題《漱玉詞（詩文附）》，不分卷，在詩文之後還附有李清照軼事數則。此本與朱淑真《斷腸詞》一卷合鈔，無欄格，每半頁七行，行二十字左右。封面題『庚寅秋公周署』，卷前有公周辛卯長夏題記，卷首有『笛在月明樓』朱文方印，正文還有『老鈍』夾批，卷末有『石友』辛卯孟冬跋，凡此皆可證此本爲沈汝瑾光緒十六年至十七年（一八九〇—一八九一）所輯。沈汝瑾（一八五八—一九一七），字公周，號石友，別署鈍居士，常熟諸生，與吳昌碩友善。家富金石書畫，尤專於藏硯，有笛在月明樓，爲藏硯之所。著有《石友硯譜》《沈氏硯林》《鳴堅白齋詩存》等。此本《漱玉詞》後有劍北辛卯仲冬跋，自云酷愛李清照詞，老友公周攜此本見示，乃『窮一晝夜之力以鈔之』。劍北即嚴劍北，常熟人，工書畫。沈汝瑾《鳴堅白齋詩存》中有《題劍北畫梅》《嚴劍北贈佛經十餘種謝二絶句》等詩。

是集收李清照詞三十六首、詩六首、文五篇、軼事四則。但實際上在六首詩之末的天頭位置，又補充了三句斷句和《春殘》《感懷》二詩。第二句斷句云：『南渡衣冠思王導，北來消息少劉琨。』而崇文書局本《李清照全集》作『南渡衣冠少王導，北來消息欠劉琨』，兩相比較，沈氏輯本似更勝，集中其他異文亦可用以校補李清照集。文四篇分别是《詞論》《打馬圖説》《金石録後序》《投内翰綦崇禮啟》《賀學生啟》，與《李清照全集》本頗有異文。文後有朱筆評語，如《打馬圖説》後沈氏批語云：『讀《打馬圖説》，易安之放誕可見。近日虞山閨閣好博尤甚，其染李氏之遺風歟？一笑。老鈍。』但此語加有删除綫，改爲：『打馬今失傳，讀此可知大略。』《金石録後序》後沈氏批語云：『蓋作序時易安已五十二歲，適汝舟尚在後，真夏姬再世也。』此類批語頗可代表古代一部分人的觀點，《李清照研究資料彙編》未收。《漱玉詞》之後爲朱淑真《斷腸詞》一卷，收詞二十七首，末有《紀略》一篇，此集篇幅不大，爲保留原貌，一併影印。

第三種文獻封面題《李易安叢集》，署『伏跗居士編訖署耑』，伏跗居士爲寧波近代藏書家馮貞羣（一八八六—一九六二）之號。書前有張宗祥甲午（一九五四）五月題識，叙及從馮貞羣處受贈此集及增補《花草粹編》本《漱玉詞》之事。其後爲《李易安叢集》正文，集前有《易安居士畫象》，係民國乙丑（一九二五）孫翔熊據山東諸城縣署藏本摹繪。畫像之後爲《李易安叢集》總目，共列七種文獻：《李易安著作考》《打馬圖經》《李易安文》《李易安詞》《毛刻漱玉詞》《王刻漱玉詞》《易安居士事輯》。然正文中《王刻漱玉詞》之後尚有《宋詩紀事》本《李易安詩》、從《梅苑》中輯得的《李易安詞拾補》，此二種有文無目。總目後有馮貞羣乙丑（一九二五）十一月題識。右述内容裝訂爲一册。此外，書中夾有散頁，分别爲陳耀文《花草粹編》、厲鶚《宋詩紀事》李清照部分摘録，今一併影印，附於《叢集》之後。

此集除《花草粹編》部分以外，統一用烏絲欄紙鈔録，白口，三魚尾，左右雙邊，每半頁十一行，行二十四字，字迹十分工整。《李易安著作考》爲馮氏自撰，輯録《郡齋讀書志》《國史經籍志》《四庫全書總目》等公私目録中有關李清照著作的條目。《打馬圖經》爲《粤雅堂叢書》本，末附伍崇曜咸豐元年（一八五一）跋，後一頁署『乙亥閏四月十八日寫竟，伏跗記』，然而乙亥年無閏四月，當爲『乙丑』。《叢集》總目後馮貞羣題識亦提及乙丑六月曝書，從《粤雅堂叢書》中鈔録《打馬圖經》一事，故年份『乙亥』當作『乙丑』應無疑，衹是月份可能因記憶模糊而略有出入。《李易安文》僅《金石録後序》一篇。李清照詞集先後鈔録三個版本，分别是曾慥《樂府雅詞》本（十六首）、毛晉汲古閣本（十七首）、王鵬運四印齋本（二十一首），各本皆有馮貞羣隨文案語、校記。汲古閣本後附《金石録後序》、李清照軼事、毛晉識語；四印齋本前有端木埰光緒七年（一八八一）序，後有王鵬運光緒七年跋、馮貞羣識語。李清照詞集後爲從《宋詩紀事》中鈔録的《李易安詩》一首，即《上樞密韓公工部尚書胡公（并序）》，以及從黄大輿編《梅苑》中所輯《李易安詞拾補》十八首。最後又有俞正燮《易安居士事輯》，録自《癸巳類稿》，此文考證李清照生平，爲其『再嫁』一事辯誣。

據總目後馮貞羣跋語可知，《叢集》編纂始於甲子（一九二四）秋，因戰火中輟，乙丑（一九二五）冬方畢，自謂『耳目所及，易安之作，搜討靡遺，續有所得，再當纂集』。《叢集》封面馮貞羣題識亦云：『詞集當分內、外編，以《梅苑》《樂府雅詞》《花草粹編》漱玉詞爲內，互見他人之作爲外。將來訪得《花草粹編》，重行寫定，先記於此，以當息壤。』由此可知，馮氏原計劃利用各個版本的李清照詞，編定一本詞集，并分內、外編，然因未訪得《花草粹編》，故編定工作衹能暫時中輟。因而，《叢集》實際上是一部未完稿，體現詞集編纂工作的過程性。『訪得《花草粹編》，重行寫定』的工作後由張宗祥完成，據《叢集》書前張氏題識：『孟嵩兄以此册見贈，其用功勤矣，然尚未編定。且《花草粹編》所收李詞亦未補入。予記《全芳備祖》中亦尚有李作。今且録《花草粹編》諸作附書中。他日當爲搜輯編定，頗思按年。若不可能，則以詞之小大分之。』由此可知，書中散頁《花草粹編》部分爲張宗祥所鈔，馮貞羣贈書時，《叢集》已裝訂，故此部分以散頁狀態夾置書中。又，散頁另一部分是《宋詩紀事》，録李詩六首、斷句四句，欄格、行款與《叢集》一致。《叢集》中原已有《宋詩紀事》本《李易安詩》，但僅録一首，遺漏尚多。疑馮貞羣因前鈔《李易安詩》不全而曾作補鈔。

第四種文獻爲《打馬圖》一卷，此爲國家圖書館藏清嘉慶二十二年（一八一七）秦氏石研齋鈔本。是本以楷書謄録，每半頁十行，行十七字，間有朱筆小字夾批。白口，單魚尾，左右雙邊，每頁版心下方鐫有『石研齋鈔本』字樣，首頁鈐印『秦伯敦父』『秦恩復印』，卷末鈐『石研齋秦氏印』，以此知爲秦恩復鈔本。秦恩復（一七六〇—一八四三），字近光，一字澹生，號敦夫，揚州江都人。乾隆五十二年（一七八七）進士，官翰林院編修，著有《石研齋集》《享帚詞》。秦氏於丁丑（一八一七）除夕前二日撰有短跋，云該本録自宋本《打馬圖經》殘本，又以《説郛》本補全所缺，故成完璧。然據趙鈁題識，《説郛》本并非善本，趙氏乃據《欣賞編》本校補數處。此本卷前鈐有『趙元方攷藏善本書籍』，卷首鈐『無悔齋校書記』，卷末鈐『元方審定』『元方手校』，凡此皆爲近代藏書家趙鈁之印。趙鈁（一九〇五—一九八四），字元方，光緒時軍機大臣榮慶之孫，姓鄂卓爾氏，蒙古正黄旗人，長期從事銀行業。通版本目録之學，喜收藏，藏書之所曰『無悔齋』。趙氏後將所藏《永樂大典》及其他善本書二十多種捐贈給北京圖書館（今國家圖書館），《打馬圖》當爲其一。

『打馬』是古代一種博輸贏的棋類游戲，此書簡要介紹了打馬游戲的規則與玩法，全書包括《打馬圖序》《打馬圖》《新編打馬賦》以及打馬規則十三『例』。據《打馬圖序》，此書撰於紹興四年（一一三四），當時李清照正避難金華，金兵頻頻南侵，南宋小朝廷節節敗退。在《打馬賦》中，李清照借博弈之事，寄寓愛國之情。賦末云：『佛狸定見酉年死，貴賤紛紛尚流徙。滿眼驊騮雜騄駬，時危安得真致此？老矣誰能志千里，但願相將過淮水。』頗可表明其心迹。今人所整理的李清照集，多數亦收有《打馬圖序》《打馬賦》，但均無打馬圖，而此本圖文并茂，繕寫工整，不但具有很高的文獻價值，同時亦具備藝術鑒賞價值。

以上四種文獻皆爲珍本秘籍，此前未曾影印，且多有名家批校、題跋，對於校勘李清照詩、詞、文、著作以及考察李氏文學在近代的流傳與接受具有重要價值。全書雖然題爲『四種』，但實際上包含十幾種文獻版本。就李清照詞而言，本書包含周紹曾輯校本、沈汝瑾輯校本、陳耀文《花草粹編》本、曾慥《樂府雅詞》本、毛晉汲古閣本、王鵬運四印齋本、黄大輿《梅苑》本七種版本；《金石録後序》有沈汝瑾鈔本、馮貞羣鈔本、汲古閣本三種版本；《打馬圖説》則有沈汝瑾鈔本、馮貞羣鈔本（底本爲《粤雅堂叢書》本）、秦恩復輯録趙鈁批校本（底本爲殘宋本、《説郛》本、《欣賞編》本）。將上述同一種文獻的不同版本對讀，很可能會發現一些有價值的異文，這對於李清照詩、詞、文的整理與研究必然會産生重要推動作用，我們拭目以待。

曹天曉

甲辰夏於杭州

目録

漱玉詞　斷腸詞（沈汝瑾輯校本）

李易安漱玉詞

周紹曾咸豐間輯校本

據中國國家圖書館藏周紹曾
輯校本影印原書高約二十六
厘米寬約十六點五厘米

104875

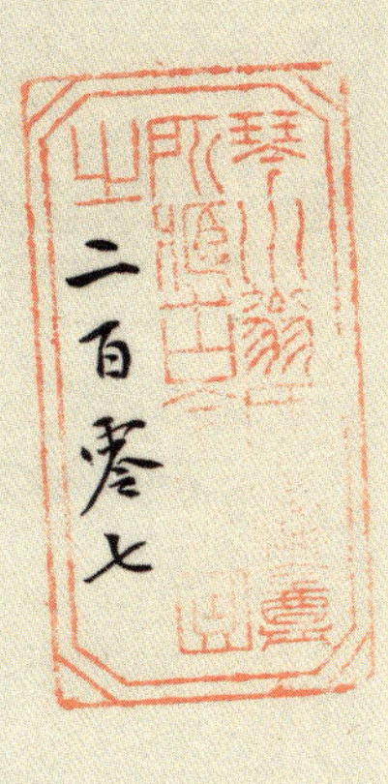
二百零七

李易安
漱玉詞

李易安漱玉詞

汳梁周紹曾息尊父校訂

目録

醉花陰
怨王孫
浪淘沙
鷓鴣天
玉樓春
小重山
一剪梅
蝶戀花三闋

滿庭芳

鳳凰臺上憶吹簫

聲聲慢

慶清朝

念奴嬌

永遇樂

多麗

漱玉与斷腸詞竝行於世易安尤才情傑而駕淑真二杂榆儈駔之書稗官嗤其明誠死後竟更所天至今尊不引為脊才粲行之教予昆惜之嘆黟縣俞孝廉正燮饌癸巳類稾中壹斷博證宋明人雜著謂竝無失節再嫁書其言塙而可徵易安污衊忝百年得俞孝廉為昭雪閱者稱畜不識易安之靈又當如何惋慰也惜詞稾散佚已久僅存十杂閱金后序一篇明汲古閣匯入詩詞雜俎中繇以闕其全豹哭以為媁」卯鱻抄隨官金沙殿門敎衙校抽宋人詩詞易安詞二十餘章以隅之哀為一卷与斷腸仍為合辟大詞林一快書惜不能焚香煮茗与孝廉朗誦一過」

李易安漱玉詞

汳梁周紹曾凫尊父校訂

如夢令 酒興

常記溪亭日暮沉醉不知歸路興盡晚回舟誤入藕花深處爭渡爭渡驚起一行（一本作灘）鷗鷺

又

昨夜雨疎風驟濃睡不消殘酒試問捲簾人却道海棠依舊知否知否應是綠肥紅瘦

又

誰伴明窗獨坐我和影兒兩箇燈盡欲眠時影也把
人拋躲無那無那好箇恓惶的我

生查子 此係朱淑真作舊本均抄入漱玉集中今姑仍之以俟考

年年玉鏡臺梅蕊宮粧困今歲不歸來怕見江南信
酒從別後疎泪向愁中盡遙想楚雲深人遠天涯近

點絳脣

蹴罷秋千起來慵整纖纖手露濃花瘦薄汗輕衣透
見客入來襪剗金釵溜和羞走倚門回首却把青
梅嗅

又　閨思

寂寞深閨柔腸一寸愁千縷惜春春去幾點催花雨
倚遍闌干祇是無情緒人何處連天芳草望斷歸
來路

浣溪紗　閨情

髻子傷春慵更梳。晚風庭院落梅初。淡。雲。來。往。月。疎。
疎。玉鴨熏爐閒瑞腦。朱櫻斗帳掩流蘇。遺一本作通犀
還解辟寒無。

又

繡面芙蓉一笑開。斜飛寶鴨襯香腮。眼。波。才。動。被。人。
猜。一面風情深有韻。半牋嬌恨寄幽懷。月移花影
約重來。

又一本誤作周美成

樓上晴天碧四垂。樓前芳草接天涯。勸。君。莫。上。最。高。
梯。新筍已成堂下竹。落花都上燕巢泥。忍。聽。林。表。
杜。鵑。啼。

又

莫許盃深琥珀濃。未成沉醉意先融。已應晚來
風。瑞腦香消魂夢斷。碎寒金小髻鬟鬆。醒。時。定。對。
燭。花。紅。

又

小院閑窓春色深。重簾未捲影沉沉。倚樓無語理瑤琴。遠岫出山催薄暮。細風吹雨弄輕陰。梨。花。欲。謝。恐。難。禁。

又

淡薄春光寒食天。玉爐沉水裊殘烟。夢回山枕隱花鈿。海燕未來人鬬草。江梅已過柳生綿。黃。昏。疎。雨。濕。秋。千。

醜奴兒

晚來一陣風兼雨洗盡炎光理罷笙簧却對菱花淡
淡粧絳綃縷薄冰肌瑩雪膩酥香笑語檀郎今夜
紗厨枕簟凉

菩薩蠻 閨情 一本誤作牛嶠

緑雲鬢上飛金雀愁眉翠斂春烟薄香閣掩芙蓉畫
屏山幾重窓寒天欲曙猶結同心苣啼粉污羅衣
問郎歸幾時

又

風柔日薄春猶早夾衫乍著心情好睡起覺微寒梅
花鬢上殘故鄉何處是忘了除非醉沉水臥時燒
香消酒未消

又

斷鴻聲斷殘雲碧背窗雲落爐烟直燭底鳳釵明釵
頭人勝輕角聲吹曉漏　囬牛斗春意看花難
西風留舊寒

訴衷情令

按訴衷情令及訴衷情等調皆與此
詞不符宋人無填此者附注以俟考

此訴衷情之一體 酒醒句有譌字 春字宜仄作的

夜來沉醉卸粧遲梅蕚插殘枝酒醒熏破惜春夢遠又不成歸人悄悄月依依翠簾垂更挼殘蘂更撚餘香更得些時

清平樂

年年雪裏常插梅花醉挼盡梅花無好意贏得滿衣清淚 今年海角天涯蕭蕭兩鬢生華看取晚來風勢故應難看梅花

南唐浣溪紗

按本名灘頭浣溪沙因李主詞改是名編輯者相沿已久今姑存之

病起蕭蕭兩鬢華臥看殘月上窓紗豆蔻連梢煎熟水莫分茶　枕上詩篇閒處好門前風景雨來佳終日向人多蘊藉木犀花

正是傷春時節誤多一是字

好事近

風定落花深簾外擁紅堆雪長記海棠開後正是傷春時節　酒闌歌罷玉樽空青釭暗明滅魂夢不堪幽怨更一聲啼鴂　按前半調末句多一字

采桑子

窗前誰種芭蕉樹，陰滿中庭。陰滿中庭，葉葉心心舒卷有餘情。傷心枕上三更雨，點滴淒清。點滴淒清，愁損離人不慣起來聽。

武陵春

風住塵香花（一本作春）已盡，日晚（一本作曉）倦梳頭。物是人非事事休，欲語淚先流。聞說雙溪春尚好，也擬泛輕舟。只恐雙溪舴艋舟，載不動許多愁。

南柯子

天上星河轉，人間簾幕垂。涼生枕簟淚痕滋，起解羅衣聊問夜何其。翠貼蓮蓬小，金銷藕葉稀。舊時天氣舊時衣，只有情懷不似舊時家。

醉花陰 重九寄外

薄霧濃雲（一本作零）愁永晝，瑞腦銷（一本作噴）金獸。時（一本作佳）節又重陽，玉（一本作珍）枕紗廚，半夜涼初透（一本作秋初透）。東籬把酒黃昏後，有暗香盈袖。莫道不消魂，簾捲西風，人似（一本作比）黃花瘦。

怨王孫 春暮

夢斷漏悄愁濃酒惱寳枕生寒翠屏向曉門外誰掃残紅夜來風 玉簫聲斷人何處春又去忍把歸期負此情此恨此際擬託行雲問東君

又

帝里春晚重門深院草緑堦前暮天雁斷樓上遠信誰傳恨綿綿 多情自是多沾惹難拚捨又是寒食也秋千巷陌人靜皎月初斜浸梨花

又

湖上風來春浩渺秋已暮紅稀（一本多香字）少水光山色與人親說不盡無窮好

蓮子已成荷葉老清露洗蘋花汀草眠沙鷗鷺不回頭似也恨人歸早

浪淘沙

素約小腰身不奈傷春踈梅影下晚粧新裊裊娉娉何樣似一縷輕雲

歌巧動朱唇字字嬌嗔桃花深徑一通津悵望瑤臺清夜月還送歸輪

又一本誤刻六一居士

簾外五更風吹夢無蹤畫樓重上與誰同記得玉釵斜撥火寶篆成空 回首紫金峰雨潤烟濃一江春浪醉醒中留得羅襟前日淚彈與征鴻

鷓鴣天

寒一本作日蕭蕭上鎖窗梧桐應恨夜來霜酒闌更喜團茶苦夢斷偏宜瑞腦香 秋已盡日猶長仲宣懷遠更淒涼不如隨分尊前醉莫負東籬菊蕊黃

玉樓春

紅酥肯放瓊瑶碎探著南枝開遍未不知醖藉幾多
時但見包藏無限意　道人憔悴春牕底悶拍闌干
愁不倚要來小看便來休未必明朝風不起

小重山

春到長門春草青江梅些子破未開勻碧雲籠碾玉
成塵留曉一本作晚夢驚破一甌香一本作雲　花影壓重門
疏簾鋪淡月好黄昏二年三度負東君歸來也著意

定是雲字矣
刻出韵矣頗無
此理

過今春

一剪梅 别愁

紅藕香残玉簟秋。輕解羅裳。獨上蘭舟。雲中誰寄錦書來。雁字回時。月滿西樓。花自飄零水自流。一種相思。兩地間愁。此情無計可消除。才下眉頭。却上心頭。

蝶戀花 離情

暖風和雨初破凍。柳潤梅輕。已覺春心動。酒意詩情

亦作暖雨和風

誰與共泪融残粉花鈿重乍試夾衣金縷縫山枕斜欹枕損金頭鳳獨抱濃愁無好夢夜闌猶剪燈花弄

又

淚濕羅衣（一本作淚揾征衣）脂粉滿（一本作暖）四疊陽關唱到（一本作聽了）千千遍人道（一本作到）山長山（一本作水）又斷蕭蕭微雨聞孤館惜別傷離方寸亂忘了臨行酒盞深和淺好把（一本作若有）音書憑過雁東萊不似蓬萊遠

又

永夜厭厭歡意少○空夢長安○認取長安道○為報今年

春色好○花光月影宜相照○隨意杯盤雖草草○酒美

梅酸○恰稱人懷抱○醉莫插花花莫笑○可○憐○春○似○人○將○

老○

臨江仙

庭○院○深○深○深○幾○許○雲牕霧閣春遲○為○誰○憔○悴○瘦○芳○姿○

夜來清夢好○應是發南枝○玉瘦檀輕無限恨○南樓

羌管休吹濃香開盡有誰知暖風遲日也别到杏花時

又

庭院深深深幾許雲牕霧閣常扃柳梢梅萼漸分明

秣陵平仄拗

春歸秣陵樹人客建安城 感月吟風多少事如今老去無成誰憐憔悴更凋零燈花空結蕊離别共傷情

漁家傲 記夢

天接雲濤連曉霧。星河欲轉一本作曙千帆舞。彷彿夢魂歸帝所。聞天語。殷勤問我歸何處。我報路長嗟日暮。學詩漫有驚人句。九萬里風鵬正舉。風休住。蓬舟吹取三山去。

又

雪裏已知春信至。寒梅點綴瓊枝膩。香臉半開嬌旖旎。當庭際。玉人浴出新粧洗。造化可能偏有意。故教明月玲瓏地。共賞金尊沉緑蟻。莫辭醉。此花不與

羣花比

殢人嬌

玉瘦香濃檀深雪散今年恨探梅又晚江樓楚館雲閒水遠清晝永憑欄翠簾低卷　坐上客來尊中酒滿歌聲共水流雲斷南枝可插更須頻剪莫直待西樓數聲羌管

品令

急雨驚秋曉今歲較秋風早一觴一詠更湏莫負晚

風殘照可惜蓮花已謝蓮房尚小汀蘋岸草怎稱

得人情好有些言語也待醉折荷花向道道與荷花

人比去年總老

易只韻風字

[illegible]

青玉案

征鞍不見邯鄲路莫便匆匆歸去秋風（旦衣作正）蕭條何

此句宜三字逗

以度明窗小酌暗燈清話最好流（一本作留）連處相逢

各自傷遲暮猶（一本作獨）把新詩（一本作詞）誦奇句鹽絮家風

人所許如今憔悴但餘雙淚一似黃梅雨

行香子

草際鳴蛩驚落梧桐正人間天上愁濃雪（一本作雲）階月
色（一本作地）關鎖千重縱浮槎來浮槎去不相逢星橋
鵲駕經年纔見想離情別恨難窮牽牛織女莫是離
中甚一霎兒晴一霎兒雨一霎兒風（一本無三一字）

御街行

籐牀紙帳朝眠起說不盡無佳思沉香烟斷玉爐寒
伴我情懷如水笛聲三弄梅心驚破多少春情意

小風疎雨蕭蕭地又催下千行淚吹簫人去玉樓空
腸斷與誰同一枝折得人間天上没箇人堪寄

轉調滿庭芳

芳草池塘綠陰庭院晚晴寒透紗窗金鏁管是
客來吵寂寞樽前席上誰海角天涯能留否酴
醾落盡猶賴有當年曾勝賞生香薰袖活火
分茶龍嬌馬流水輕車不怕風狂雨驟恰才稱
煮酒殘花如今也不成懷抱得似舊時那

滿庭芳

小閣藏春，閒牕鎖晝，畫堂無限深幽。篆香燒盡，日影下簾鉤。手種江梅漸好，又何必、臨水登樓。無人到，寂寥恰似，何遜在揚州。　從來，知韻勝，難禁雨藉，不耐風揉。更誰家橫笛，吹動濃愁。莫恨香銷玉減，須信道、掃跡情留。難言處，良宵澹月，疎影尚風流。

鳳凰臺上憶吹簫　閨情

香冷金猊，被翻紅浪，起來慵自（一本作人未）梳頭。任寶奩塵滿日上簾鈎生怕離懷別苦多少事欲説還休新來瘦非干病酒不是悲秋休休一本作明朝這回去也千萬遍陽關也則難留念武陵春遠烟鎖秦樓惟有樓前流水應念我終日凝眸凝眸處從今又添一段一本作更數幾段新愁

聲聲慢 秋情

尋尋覓覓冷冷清清悽悽慘慘戚戚乍暖還寒時候最難將息三盃兩盞淡酒怎敵他晚來風急雁過也

正傷心却是舊時相識　滿地黃花堆積憔悴損如今有誰堪摘守着牕兒獨自怎生得黑梧桐更兼細雨到黃昏點點滴滴這次第怎一箇愁字了得張荃翁云

此詞首下十四箇疊字全用文選體格本朝非無能詞之士未曾有下十四箇疊字者下半守着牕兒獨自怎生得黑此黑字不許第二人押又梧桐更兼細雨到黃昏點點滴滴四疊字又無斧痕婦人中有此殆間氣也

慶清朝

禁幄低帳雕一本作形闌巧護就中獨占殘春容華淡佇

綽約俱見天真。待得羣花過後，一番風露曉粧新。妖嬈態、妒風笑月，長殢東君。東籬邊、南陌上，正日烘、池館競走香輪。倚筵散日，誰人可繼芳塵。更好明光宮殿，幾枝先近日邊勻。金尊倒，拌了畫燭，不愛黃昏。

念奴嬌　春情

蕭條庭院，又斜風細雨，重門須（一本作深）閉。寵柳嬌花寒食近，種種惱人天氣。險韻詩成，扶頭酒醒，別是閒滋味。征鴻過盡，萬千心事難寄。樓上幾日春寒，簾垂

四面玉闌干慵倚被冷香銷新夢覺不許愁人不起
清露晨流新桐初引多少游春意日高烟斂更看今
日晴未朱竹垞云黄叔暘稱綠肥紅瘦為佳句子謂寵柳嬌花語亦甚綺儁前此未有能道之者

永遇樂

落日鎔金暮雲合璧人在何處染柳烟濃吹梅笛怨
春意知幾許元宵佳節融和天氣次第豈無風雨來
相召香車寶馬謝他酒朋詩侶 中州盛日閨門多
暇記得偏重三五鋪翠冠兒撚金雪柳簇帶爭濟楚

如今憔悴，風鬟霜鬢，怕見夜間出去。不如向簾兒底下，聽人笑語。

此係南渡後懷京洛舊事而賦，皆以尋常語度入音律，鍊句精巧絕倫。山谷所謂以故為新，以俗為雅者，易安先得之矣。

多麗 詠白菊

小樓寒，夜長簾幕低垂。恨蕭蕭、無情風雨，夜來揉損瓊肌。也不似、貴妃醉臉，也不似、孫壽愁眉。韓令偷香，徐娘傅粉，莫將比擬未新奇。細看取、屈平陶令，風韻正相宜。微風起，清芬醞藉，不減酴醾。

漸秋闌，雪清

玉瘦向人無限依依似愁凝漢皋解佩似淚灑紈扇

題詩朗月清風濃烟暗雨天教憔悴度芳姿縱愛惜

不知從此留得幾多時人情好何須更憶澤畔東籬

李易安漱玉詞終

辛未六月贈宛春閨友

玉瘦。向人無限依依。似愁凝。漢臯解佩。似淚灑紈扇
題詩。朗月。清風。濃烟。暗雨。天教憔悴度芳姿。縱愛惜
不知從此。留得幾多時。人情好。何須更憶。澤畔東籬。

李易安漱玉詞終

辛未六月朔宛居閱后

漱玉詞　斷腸詞

沈汝瑾光緒間輯校本

據上海圖書館藏沈汝瑾輯校本影印原書高約二十六厘米寬十六點四厘米

斷腸詞

漱玉詞

一卷

許文樹

庚寅秋公肅署

四庫目錄漱玉詞十七闋坿金石錄後序一卷可見此書散佚久矣予愛易安詞入骨髓謂非閒气所鍾不能到無媿其少書搜輯得詞短詩文若干首較舊傳不已多年噫一婦人體必刻肝腎為奇麗耳遂性靈僅之故紙殺片良可寶惜也　一周

汲古刻漱玉詞僅十四闋
金石録後序刪節存十
之四自謂得洪武初抄本經
數名家訂正者良可咲也
辛卯長夏又記

南歌子 漁家傲 如夢令二詞 多丽 菩薩蠻二詞 浣溪沙六詞 鳳凰臺上憶吹簫
武陵春 浪淘沙補 永遇樂 念奴嬌 聲聲慢
一剪梅 蝶戀花二詞 鷓鴣天 小重山 怨王孫三詞 點絳唇

添字采桑子　臨江仙　醉花陰　訴衷情　好事近　行香子

轉調滿庭芳　雨中花　小闌

此古銅印字不能識

漱玉詞

宋濟南李清照易安

南歌子

天上星河轉人間簾幕垂涼生枕簟淚痕滋起解羅衣聊問夜何其翠貼蓮蓬小金銷藕葉稀舊時天氣舊時衣只有情懷不似舊家時

漁家傲

天接雲濤連曉霧星河欲轉千帆舞髣髴夢魂歸帝所聞天語殷勤問我歸何處我報路長嗟日暮學詩謾有驚人句九萬里風鵬正舉風休住蓬舟吹取三山去

二調

如夢令

常記溪亭日暮沉醉不知歸路興盡晚回舟誤入藕花深處爭渡爭渡驚起一灘鷗鷺 灘一作行

又

昨夜雨踈風驟，濃睡不消殘酒。試問捲簾人，卻道海棠依舊。知否，知否，應是綠肥紅瘦。

多麗　詠白菊

小樓寒，夜長簾幕低垂。恨蕭蕭、無情風雨，夜來揉損瓊肌。也不似、貴妃醉臉，也不似、孫壽愁眉。韓令偷香，徐娘傅粉，莫將比擬未新奇。細看取、屈平陶令，風韻

正相宜微風起清芬醞藉不減酴醿　漸秋闌雪清
玉瘦向人無限依依似愁凝漢臯鮮佩似淚灑紈扇
題詩朗月清風濃煙暗雨天教憔悴度芳姿縱愛惜
不知從此留得幾多時人情好何須更憶澤畔東籬

二調　菩薩蠻

風柔日薄春猶早夾衫乍著心情好睡起覺微寒梅
花鬢上殘　故鄉何處是忘了除非醉沉水卧時燒

香消酒未消

又

歸鴻聲斷殘雲碧背窗雪落爐煙直燭底鳳釵明釵頭人勝輕　角聲催曉漏　曰牛斗春意看花難西風留舊寒

浣溪沙

莫許盃深琥珀濃未成沉醉意先融　已應晚來

風　瑞腦香消魂夢斷辟寒金小髻鬟鬆醒時空對
燭花紅
又
小院閑窗春色深重簾未捲影沉沉倚樓無語理瑤
琴　遠岫出山催薄暮細風吹雨弄輕陰梨花欲謝
恐難禁
又

淡蕩春光寒食天玉爐沉水裊殘煙夢回山枕隱花
鈿海燕未來人鬬草江梅已過柳生綿黃昏疎雨
濕秋千

武陵春

風住塵香花已盡日晚倦梳頭物是人非事事休欲
語淚先流　聞說雙溪春尚好也擬泛輕舟只恐雙
溪舴艋舟載不動許多愁

浪淘沙

簾外五更風吹夢無蹤畫樓重上與誰同記得玉釵斜撥火寶篆成空 回首紫金峰雨潤煙濃一腔春恨醉醒中留得羅襟前日淚彈與征鴻

永遇樂

落日鎔金暮雲合璧人在何處染柳煙濃吹梅笛怨春意知幾許元宵佳節融和天氣次第豈無風雨來

相召香車寶馬謝他酒朋詩侶　中州盛日閨門多暇記得偏重三五鋪翠冠兒撚金雪柳簇帶爭濟楚如今憔悴風鬟霜鬢怕見夜間出去不如向簾兒底下聽人笑語

念奴嬌

蕭條庭院又斜風細雨重門須閉寵柳嬌鶯寒食近種種惱人天氣險韻詩成扶頭酒醒別是閑滋味飛

鴻過盡萬千心事誰寄　樓上幾日寒濃簾垂三面閑拍闌干倚破冷香消清夢斷不許愁人不起清露晨流疎桐初引多少遊春意雲高煙斂更看明日晴未

聲聲慢　秋情

尋尋覓覓冷冷清清悽悽慘慘切切乍暖還寒時候最難將息三盃兩琖淡酒怎敵他晚來風急雁過也

次第下有一怎字
諸本皆然

閒愁暗恨
汲古刻作
離褱別苦
佳

正傷心卻是舊時相識　滿地黃花堆積憔悴損如
今有誰堪摘守着窗兒獨自怎生得黑梧桐更兼細
雨到黃昏點點滴滴這次第怎一個愁字了得

鳳凰臺上憶吹簫

香冷金猊被翻紅浪起來人未（別本作慵自）梳頭任寶奩
塵滿
閑掩日上簾鉤生怕閑愁暗恨多少事欲說還休今
離懷別苦
新
來
年瘦非干病酒不是悲秋　明朝（別本作休休）這回去也

傭當是慵字之譌

朝字失均當从休休但休字均又複

千萬遍陽關也則難留念武陵春晚雲鎖重樓記取樓前綠水應念我終日凝眸凝眸處從今更數幾段別本作更添一段新愁

一翦梅

紅藕香殘玉簟秋輕解羅裳獨上蘭舟雲中誰寄錦書來雁字回時月滿西一本無西字樓花自飄零水自流一種相思兩處閑愁此情無計可消除纔下眉頭

此詞易安書錦帕寄送趙明誠

卻上心頭

二闋

蝶戀花　離情

淚濕羅衣脂粉滿，四疊陽關，唱到千千遍。人道山長

山又斷，蕭蕭微雨聞孤館。　惜別傷離方寸亂，忘了

臨行，酒盞深和淺。好把音書憑過雁，東萊不似蓬萊

遠。

又

暖雨晴風初破凍柳眼梅腮已覺春心動酒意詩情
誰與共淚融殘粉花鈿重　乍試夾衫金縷縫山枕
斜欹枕損釵頭鳳獨抱濃愁無好夢夜闌猶翦燈花
弄

鷓鴣天

寒日蕭蕭上鎖窗梧桐應恨夜來霜酒闌更喜團茶
苦夢斷偏宜瑞腦香　秋已盡日猶長仲宣懷遠更

凄涼不如隨分尊前醉莫負東籬菊蕊黄

小重山

春到長門春草青江梅些子破未開勻碧雲籠碾玉成塵留曉夢驚破一甌春花影壓重門疎簾鋪淡月好黄昏二年三度負東君歸來也著意過今春

三調

怨王孫

湖上風來波浩渺秋已暮紅稀少水光山色與人親

說不盡無窮好　蓮子已成荷葉老清露洗蘋花汀
草眠沙鷗鷺不回頭似也恨人歸早

又　春暮

帝里春晚重門深院草綠階前暮天雁斷樓上遠信
誰傳恨綿綿　多情自是多沾惹難㨂舍又是寒食
也秋千巷陌人靜皎月初斜浸梨花

抄附書并入前調

浣溪沙

樓上晴天碧四垂樓前芳草接天涯勸君莫上最高
梯　新筍已成堂下竹落花都入燕巢泥忍聽林表
杜鵑啼

又

髻子傷春懶更梳晚風庭院落梅初淡雲來往月疏
疏　玉鴨薰爐閑瑞腦朱櫻斗帳掩流蘇通犀還解
辟寒無

點絳脣

寂寞深閨柔腸一寸愁千縷惜春春去幾點催花雨倚遍闌干衹是無情緒人何處連天芳樹望斷歸來路

添字采桑子

窗前誰種芭蕉樹陰滿中庭陰滿中庭葉葉心心舒卷有餘情傷心枕上三更雨點滴淒清點滴淒清

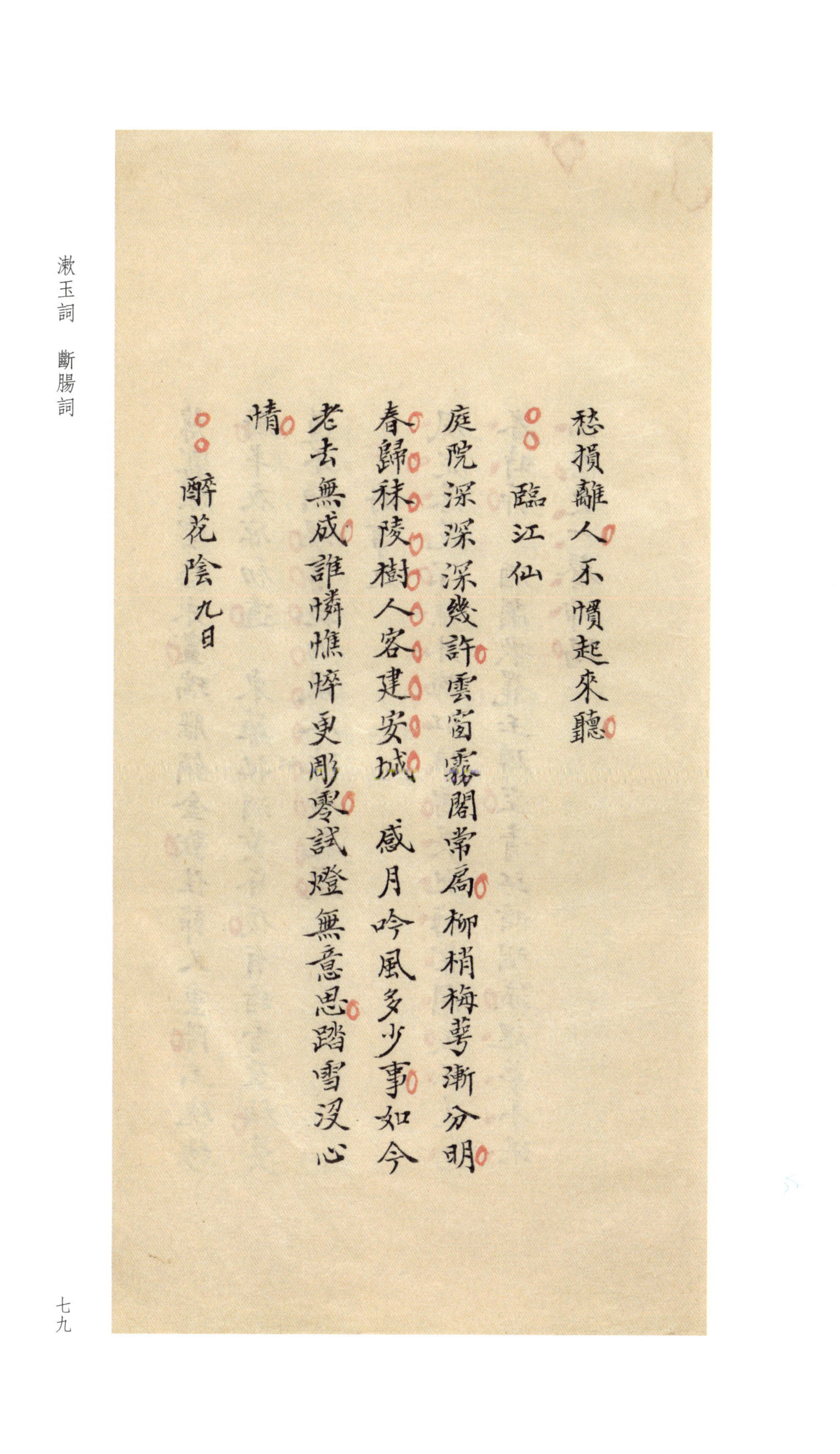

愁損離人不慣起來聽

臨江仙

庭院深深深幾許雲窗霧閣常扃柳梢梅萼漸分明春歸秣陵樹人客建安城　感月吟風多少事如今老去無成誰憐憔悴更彫零試燈無意思踏雪沒心情

醉花陰　九日

薄霧濃雲愁永晝瑞腦銷金獸佳節又重陽玉枕紗
厨半夜凉初透　東籬把酒黄昏後有暗香盈袖莫
道不銷魂簾捲西風人比（似）黄花瘦

好事近

風定落花深簾外擁紅堆雪長記海棠開後正是傷
春時節　酒闌歌罷玉樽空青釭暗明滅魂夢不堪
幽怨更一聲啼鴂

訴衷情

案訴衷情有單調有雙調此詞名訴衷情令一名漁家父風張元幹嚴仁皆同

夜來沉醉卸粧遲梅萼插殘枝酒醒熏破惜春夢遠又不成歸人悄悄月依依翠簾垂更挼殘蘂更撚餘香更得些時

案訴衷情有單調有雙調皆與此詞不同惟訴衷情令相合但前段第三句六字第四句五字此詞前段五句下三句皆作四字一句較譜多一字或傳寫誤增或當時本有此體然宋人皆無此填者附注自攷

行香子

草際鳴蛩驚落梧桐正人間天上愁濃雲階月地關
鎖千重縱浮槎來浮槎去不相逢 星橋鵲駕經年
纔見想離情別恨難窮牽牛織女莫是離中甚霎兒
晴霎兒雨霎兒風

轉調滿庭芳

芳草池塘綠陰庭院晚晴寒透窗紗 金鎖管是
客來唦寂寞樽前席上惟 海角天涯能畱否酴

嬌疑是驕字之譌

醾落盡猶賴有　當年曾勝賞生香薰袖活火
分茶　如龍驕馬流水輕車不怕風狂雨驟恰才稱
煮酒殘花如今也不成懷抱得似舊時那

重抄并入前調

怨王孫　春暮

夢斷漏悄愁濃酒惱寶枕生寒翠屏向曉門外誰掃
殘紅夜來風　玉簫聲斷人何處春又去忍把歸期
負此情此恨此際擬託行雲問東君

重抄當并入前調

浣溪沙

繡面芙蓉一笑開斜飛寶鴨襯香腮眼波纔動被人猜一面風情深有韻半牋嬌恨寄幽懷月移花影約重來

雨中花浪淘沙

素約小腰身不奈傷春疎梅影下晚粧新裊裊娉婷何樣似一縷輕雲　歌巧動朱唇字字嬌嗔桃花深

徑一通津悵望瑤臺清夜月還送歸輪

此

余素好倚聲於李唐宋元諸名家無所
不窺尤酷愛李易安詞每以所見不多爲
憾今公周老友訪余於鈕門擕手輯漱玉
詞一卷見示得三十六闋較四庫著錄
多十九闋較汲古刻本多二十二闋又附詩
六首文四首軼事四則可謂博矣余愛不

忍釋窮一晝夜之力以鈔之是舉也公周不
秘之於枕中余又不費黃金青鼠裘之賭
使遵王竹垞有知不相對抱媿必誚爲嗤之
怪事然則余與公周之以文字交不高
出古人萬萬哉爰書數語以誌快

辛卯仲冬斂北

詩六首文四首附

和張文潛浯溪碑歌

五十年功如電掃華清花柳咸陽草五坊供奉鬬雞兒酒肉堆中不知老胡兵忽自天上來逆胡亦是姦雄才勤政樓前走胡馬珠翠踏盡香塵埃何為出戰輒披靡傳置荔支多馬死堯功舜德本如天安用區區紀文字著功銘德真陋哉乃令神鬼磨山厓子儀

光弼不自猜天心悔禍人心開夏為殷鑒當深戒簡
策汗青今具在君不見當時張說最多機雖生已被
姚崇賣

又

驚人興廢傳天寶中興碑上今生草不知負國自奸
雄但說功成尊國老誰令妃子天上來虢秦韓國皆
天才苑中羯鼓玉方響春風不敢生塵埃姓名誰復

知安史健兒猛將安眠死去天尺五抱甕峰峰頭鑿出開元字時移勢去真可哀姦人心醜深如崖西蜀萬里尚能返南内一閉何時開可憐孝德如天大反使將軍稱好在嗚呼奴輩胡不能道輔國用事張后尊祇能道春薺長安作斤賣

曉夢

曉夢隨疎鐘飄然躡雲霞因緣安期生邂逅萼綠華

秋風正無賴吹盡玉井花共看藕如船同食棗如瓜
翩翩座上客意妙語亦佳嘲辭鬥詭辯活火分新茶
雖非助帝功其樂莫可涯人生能如此何必歸故家
起來斂衣坐掩耳厭喧譁心知不可見念念猶咨嗟

上韓樞密詩

三年夏六月天子視朝久凝旒望南雲垂衣思北狩
如聞帝若曰岳牧與羣后賢寧達半運已過陽九

勿勒燕然銘勿種金城柳豈無純孝臣識此霜雪悲
何必舍羹肉便可載車脂土地非所惜玉帛亦塵泥
誰可當將命幣重辭益卑四岳僉曰俞臣下帝所知
中朝第一人春官有昌黎身為百夫特行為萬人師
嘉祐與建中為政有臯夔漢家貴王商唐室重子儀
見時應破膽將命公所宜

上胡尚書詩

胡公清德人所難謀同德協置器安解衣已道漢恩
煖離詩不怯關山寒皇天久陰后土溼雨勢未迴風
勢急車聲轔轔馬蕭蕭壯士愞夫俱感泣閭閻嫠婦
亦何知瀝血投詩干記室葵邱莒父非荒城勿輕談
士棄儒生憤王墓下馬猶倚寒號城邊雞未鳴巧匠
亦曾顧欒櫟芻蕘之詢或有益不乞隋珠與和璧但
乞鄉關新信息靈光雖在應蕭條草中翁仲今何若

遺民定尚種桑麻敗將如聞保城郭嫠〔嫠〕家祖父生齊
魯位下名高人比數當年稷下縱談時猶記人揮汗
如雨子孫南渡今幾年漂零遂與流人伍願將血淚
寄河山去灑青州一抔土

宋紹興三年韓肖胄使金胡松年試工部尚書
為副胡尚書名松年也詩意與使金事亦合公甫

皇帝閣

詩句

南來尚怯吳江冷
北狩應知易水寒、

又
南渡衣冠思王導北
來消息少劉琨

日月堯天大璿機舜麻長或閒行殿帳多是上書囊
莫是黃金篆新除玉局牀春風送庭燎不復用沉香

少陵也是可憐
人忍待明年試
春艸見照膽集

詞論

唐開元天寶間李八郎者能歌擅天下時新及第進
士開宴曲江榜中一名士先召李使易服隱姓名衣
冠故敝精神慘沮與之宴所曰表弟願與坐末衆皆
不顧既酒行樂作歌者進以曹元念為冠歌罷衆皆

春殘

春殘何事苦思
鄉病裏梳頭恨
最長梁燕語多
終日在薔薇風
細一簾香

感懷

寒窗敗几無書史公路生平竟至此青州從事孔方兄終日紛紛喜生事
作詩謝絕聊閉門盡室生有佳思靜中吾乃見真吾烏有
先生子虛子

嗟咨稱賞名士忽指李曰請表弟歌衆皆哂或有怒者及轉喉發聲一曲衆皆泣下起曰此必李八郎也自後鄭衛聲熾流靡煩變有菩薩蠻春光好莎雞子更漏子浣溪沙夢江南漁父等詞不可徧舉五代時江南李氏獨尚文雅有小樓吹徹玉笙寒之句及吹皺一池春水語雖甚奇所謂亡國之音哀以思也本朝柳屯田永變舊聲作新聲出樂章集大得聲稱於

世雖協音律而詞語塵下又有張子野宋子京兄弟沈唐元絳晁次膺輩繼出雖時時有妙語而破碎何足名家至晏丞相歐陽永叔蘇子瞻學際天人作為小歌詞直如酌蠡水於大海然皆句讀不葺之詩耳又往往不協音律蓋詩文分平側而歌詞分五音又分六律又分清濁輕重且如近世所謂聲聲慢雨中花喜遷鶯既押平聲又押入聲玉樓春平聲又押上

此論不及樂府指迷所說平允

去聲又押入聲其本押側韻者如本上聲協押入聲則不可通矣王介甫曾子固文章似西漢若作小歌詞則人必絕倒不可讀也乃知詞別是一家知之者少後晏叔原賀方回黃魯直出始能知之而晏苦無鋪叙賀苦少典重秦少游專主情致而少故實譬如貧家美女雖極妍麗丰逸而終乏富貴態黃即尚故實而多疵病譬如良玉有瑕價自減半矣

北宋諸大家被其指摘殆盡填詞豈易事哉

予素好倚聲讀此論後不敢輕下語廷遺婦人輕薄

打馬圖說

慧則通通則無所不達專則精精則無所不妙故庖
丁解牛郢人運斤師曠之聽離婁之察大至堯舜之
仁桀紂之惡小至擲豆起蠅巾角拂棊皆臻其極者
妙而已夫博無他爭先術耳故專者勝余性專博凡
所謂博者皆耽之南渡流離盡散博具今年冬十月
朔聞淮上警報江浙之人自東走西自南走北居山

林者謀入城市居城市者謀入山林旁午絡繹莫知所之余亦自臨安泝流過嚴灘抵金華卜居陳氏第作釋舟楫而見窗軒意頗適然更長燭明如此良夜何於是乎博奕之事講矣且長行葉子博塞彈棋世無其傳者打褐大小豬窩族鬼胡畫數倉賭快之類皆鄙俚不經見藏酒樗蒲雙蹙融近漸廢絕選仙加減揷關火質魯任命無所施智巧大小象戲奕棋又

止客二人獨采選打馬特為閨房雅戲嘗恨采選叢
煩勞於檢閱又能通者少難遇勁敵打馬簡要而苦
無文采按打馬世有二種一種一將十馬者謂之關
西馬一種無將二十馬者謂之依經馬流傳既久各
有圖經凡例可考行移賞罰互有同異宣和間人取
二種馬參雜加减大約交加僥倖古意盡矣所謂宣
和馬者是也余獨愛依經法因取其賞罰互度每事

作數語隨事附見使兒輩圖之不獨施之博徒亦足貽諸好事使千百世後知命辭打馬始自易安居士也時紹興四年十有二月二十四日

打馬令失傳讀此可知大略

讀打馬圖記易安之放誕可見近日寡山閨閣好博尤甚其染李氏之遺風歟一笑　老鈍

金石錄後序

右金石錄三十卷者何趙侯德父所著書也取上自

三代下迄五季鍾鼎甗鬲盤匜尊敦之款識豐碑大碣顯人畯士之事蹟凡見於金石刻者二千卷皆是正譌謬去取褒貶上足以合聖人之道下足以訂史氏之失者皆載之可謂多矣嗚呼自王播元載之禍書畫與胡椒無異長輿元凱之病錢癖與傳癖何殊名雖不同其惑一也余建中辛巳始歸趙氏時先君作禮部員外郎丞相時作吏部侍郎侯年二十一在

太學作學生趙李族寒素貧儉每朔望謁告出質衣取半千錢步入相國寺市碑文果實歸相對展玩咀嚼自謂葛天氏之民也後二年出仕宦便有飯蔬衣練窮遐方絶域盡天下古文奇字之志日就月將漸益堆積丞相居政府親舊或在館閣多有忘詩逸史魯壁汲冢所未見之書遂盡力傳寫浸覺有味不能自已後或見古今名人書畫三代奇器亦復脫衣市

易。嘗記崇寧間，有人持徐熙牡丹圖，求錢二十萬。當時雖貴家子弟，求二十萬錢，豈易得耶？留信宿，計無所出而還之。夫婦相向惋悵者數日。後屏居鄉里十年，仰取俯拾，衣食有餘。連守兩郡，竭其俸入，以事鉛槧。每獲一書，即同共校勘，整集籤題。得書畫彝鼎，亦摩玩舒卷，指摘疵病，夜盡一燭爲率。故能紙札精緻，字畫完整，冠諸收書家。余性偶强記，每飯罷，坐歸來堂烹茶指堆積書史言某事在某書某卷第幾葉第幾行以中否角勝負為飲茶先後中即舉杯大笑至茶傾覆懷中反不得飲而起甘心老是鄉矣故雖處憂患困苦（窮）而志不屈收書既成歸來堂起書庫大櫥簿甲乙置書冊如要講讀即請鑰上簿關出卷帙或少損汙必懲責揩完塗改不復向時之坦夷也是欲求適意而反取憀慄余性不耐始謀食去重肉衣去

重采首無明珠翡翠之飾室無塗金刺繡之具遇書史百家字不刓闕本不譌謬者輒市之儲作副本自來家傳周易左氏傳故兩家者流文字最備於是几案羅列枕籍意會心謀目往神授樂在聲色狗馬之上至靖康丙午歲侯守淄川聞金人犯京師四顧茫然盈箱溢篋且戀戀且悵悵知其必不為己物矣建炎丁未春三月奔太夫人喪南來既長物不能盡載

乃先去書之重大印本者又去畫之多幅者又去古器之無款識者後又去書之監本者畫之平常者器之重大者凡屢減去尚載書十五車至東海連艫渡淮又渡江至建康青州故第尚鎖書冊什物用屋十餘間期明年春再具舟載之十二月金人陷青州凡所謂十餘屋者已皆為煨燼矣建炎戊申秋九月侯起復知建康府己酉春三月罷具舟上蕪湖入姑孰將

卜居贛水上夏五月至池陽被旨知湖州過闕上殿
遂駐家池陽獨赴召六月十三日始負擔捨舟坐岸
上葛衣岸巾精神如虎目光爛爛射人望舟中告別
余意甚惡呼曰如傳聞城中緩急奈何戟手遙應曰
從衆必不得已先去輜重次衣被次書册卷軸次古
器獨所謂宗器者可自負抱與身俱存亡勿忘也遂
馳馬去塗中奔馳冒大暑感疾至行在病痁七月末

書報臥病余驚怛念侯性素急奈何病痁或熱必服寒藥疾可憂遂解舟下一日夜行三百里比至果大服茈胡黃芩藥瘧且痢病危在膏肓余悲泣倉皇不忍問後事八月十八日遂不起取筆作詩絕筆而終殊無分香賣屨之意葬畢余無所之朝廷已分遣六宮又傳江當禁渡時猶有書二萬卷金石刻二千卷器皿茵褥可符百客他長物稱是余又大病僅存

喘息事勢日迫念侯有妹壻任兵部侍郎從衛在洪州遂遣二故吏先部送行李往投之冬十二月金人陷洪州遂盡委棄所謂連艫渡江之書又散為雲煙矣獨餘少輕小卷軸書帖寫本李杜韓柳集世說鹽鐵論漢唐石刻副本數十軸三代鼎鼐十數事南塘寫本書數篋偶病中把玩搬在卧内者巋然獨存上江既不可往又虜勢叵測有弟迒任勑局删定官遂

往依之到台台守已遁之剡出睦又棄衣被走黃巖
顧舟入海奔行朝時駐蹕章安從御舟海道之溫又
之越庚戌十二月放散百官遂之衢紹興辛亥春三
月復赴越壬子又赴杭先侯疾亟時有張飛卿學士
攜玉壺過視侯便攜去其實珉也不知何人傳道遂
妄言有頒金之語或傳亦有密論列者余大惶怖不
敢言亦不敢遂已盡將家中所有銅器等物欲赴外

廷投進到越已移幸四明不敢留家中并寫本書寄
剡後官軍收判卒取去聞盡入故李將軍家所為歸
然獨存者無慮十去五六矣惟有書畫研墨可五七
簏更不忍置他所常存卧榻下手自開闔在會稽卜居
土民鍾氏舍忽一夕穴壁負五簏去余悲慟不得活
重立賞收贖後二日鄰人鍾復皓出十八軸求賞故
知其盜不遠矣萬計求之其餘遂牢不可出今知盡

為吳説運使賤價得之所謂歸然獨存者乃十去其七八所有一二殘零不成部帙書冊三數種平平書帖猶復愛惜如護頭目何愚也邪今日忽開此書如見故人因憶侯在東萊靜治堂裝卷初就芸籤縹帶束十卷作一帙每日晚吏散輒校勘二卷跋題一卷此二千卷有題跋者五百二卷耳今手澤如新而墓木已拱悲夫昔蕭繹江陵陷没不惜國亡而毀裂書

盡楊廣江都傾覆不悲身死而復取圖書豈人性之所著生死不能忘歟或者天意以余菲薄不足以享此尤物耶抑亦死者有知猶斤斤愛惜不肯留人間耶何得之艱而失之易也嗚呼余自少陸機作賦之二年至過蘧瑗之知非之兩歲三十四年之間憂患得失何其多也然有有必有無有聚必有散乃理之常人忘弓人得之又胡足道所以區區記其終始者

亦歆為後世好古博雅者之戒云紹興二年玄黓歲
壯月朔甲寅易安室題　此文舊本刪節德州盧氏刊金石錄依元本增補

投內翰綦崇禮啟

清照素習義方粗明詩禮近因疾病欲至膏肓牛蟻
不分灰釘已具嘗藥雖存弱弟應門惟有老兵既爾
蒼黃因成造次信彼如簧之舌惑兹似錦之言弟既
可欺持官文書來輒信身幾欲死非玉鏡架亦安知

僶俛難言優柔莫決呻吟未定强以同歸視聽才分
實難共處忍以桑榆之晚景配玆駔儈之下才身既
懷臭之可嫌惟求脫去彼素抱璧之將往決欲殺之
遂肆侵陵日加毆擊可念劉伶之肋難勝石勒之拳
局地叩天敢效談孃之善訴升堂入室素非李赤之
甘心外援難求自陳何害豈期末事廼得上聞取自
宸衷付之廷尉被桎梏而置對同凶醜以陳詞豈惟

賈生羞絳灌為儕何啻老子與韓非同傳但祈脱死
莫望償金友凶横者十旬蓋非天降居囹圄者九日
豈是人為抵雀捐金利當安往將頭碎璧失固可知
實自謬愚分知獄市伏遇内翰承旨搢紳望族冠蓋
清流日下無雙人間第一奉天克復本緣陸贄之詞
淮海底平實以會昌之詔哀憐無告雖未解驂感激
深恩如正出己兹白首得免丹書清照敢不省過

知慙捫心識媿責全責知已難逃萬世之譏敗德敗
名何以見中朝之士雖南山之竹豈能窮多口之談
惟智者之言可以止無根之謗高鵬尺鷃本異升沈
火鼠冰蠶難同嗜好達人共悉童子皆知願賜品題
與加湔洗誓當布衣蔬食温故知新再見江山依舊
一瓶一鉢重歸畎畝更須三沐三薰忝在葭莩敢兹
塵瀆

金石序云過蘧瑗知非之兩歲盖作序時
易安已五十二歲適汝舟尚在後其夏姬再世也

趙德父殁易安年已垂暮再適張汝舟竟至對簿老而無恥一至於此然其才可愛命薄可憐也

啓多文過飾非之詞讀之使人失咲

賀孿生啟

無午未二時之分有伯仲兩楷之似既鑿臂而繫足實難弟而難兄玉刻雙璋錦挑對褓

任文二子孿生德卿生于午道卿生于未張伯

楷仲楷兄弟形狀無二白汲兄弟母不能辨以五色繩一繫于臂一繫于足

此易安自注

祭夫趙明誠文 斷句

白日正中歎龐公之機敏（敏或作捷）堅城自墮憐杞婦之悲深

附錄軼事

趙明誠幼時其父將爲擇婦明誠晝寢夢誦一書覺來惟憶三句云言與司合安上已脱芝芙草拔以告其父其父爲解曰汝殆得能文詞女也言與司合是詞字安上已脱是女字芝芙草拔是之夫二字非謂汝爲詞女之夫乎後李翁以女女之即易安也果有文章易安結褵未久明誠即負笈遠游易安殊不忍

別覓錦帕書一剪梅以詞以送之易安以重陽醉花陰詞函致明誠明誠嘆賞自愧弗逮務欲勝之一切謝客忘食忘寢者三日夜得五十闋雜易安作以示友人陸德夫德夫玩之再三曰只三句絕佳明誠詰之詰答曰莫道不消魂簾捲西風人似黄花瘦政易安作也

宋人中填詞李易安亦稱冠絕使在衣冠當與秦七

黄九爭雄不獨雄於閨閣也其詞名漱玉集尋之未
得聲聲慢一詞最為婉妙荃翁張端義貴耳集云此
詞首下十四箇疊字乃公孫大娘舞劒手本朝非無
能詞之士未曾有下十四箇疊字者乃用文選諸賦
格守着窻兒獨自怎生得黑此黑字不許第二人押
又梧桐更兼細雨到黄昏點點滴滴四疊字又無斧
痕婦人婦中有此殆間氣也晚年自南渡後懷京洛

舊事賦元宵永遇樂詞云落月鎔金暮雲合璧已自
工緻至於染柳烟輕吹梅笛怨春意知幾許氣象更
好後疊云于今憔悴風鬟霜鬢怕見夜間出去皆以
尋常言語度入音律鍊句精巧則易平淡入妙者難
山谷所謂以故為新以雅俗為雅者易安先得之之
矣
張子韶對策有桂子飄香之語趙明誠妻李氏嘲之

曰露花倒影柳三變桂子飄香張九成

斷腸詞

目錄

斷腸詞目錄終

斷腸詞

宋　朱氏　淑真

憶秦娥 二月初六夜月

彎彎曲，新年新月鈎寒玉。鈎寒玉，鳳鞋兒小，翠眉兒蹙。鬧蛾雪柳添粧束，燭龍火樹爭馳逐。爭馳逐，元宵三五，不如初六。

脱三字

浣溪沙 清明

春巷天桃吐絳英春衣初試薄羅輕風和煙煖燕巢
成　小院湘簾閒不捲曲房朱戶悶長扃惱人光景
又清明

又　春夜

玉體金釵一樣嬌背燈初解繡裙腰衾寒枕冷夜香
銷　深院重關春寂寂落花和雨夜迢迢恨情和
夢更無聊

生查子

寒食不多時幾日東風惡無緒倦尋芳閒却鞦韆索
玉減翠裙交病（怯）羅衣薄不忍捲簾看寂莫梨花落

又

年年玉鏡臺梅蕊宮粧困今歲未還家怕見江南信
酒從別後踈淚向愁中盡遙想楚雲深人遠天涯近

又 元夕

去年元夜時花市燈如晝月上柳梢頭人約黃昏後
今年元夜時月與燈依舊不見去年人淚溼春衫
袖

此歐陽六一詞誤入斷腸集人謂淑貞（真）不貞
寃矣

謁金門

春已半觸目此情無限十二闌干閒遍倚遍愁來天不管　好是風和日煖輸與鸎鸎燕燕滿院落花簾不捲斷腸芳草遠

江城子賞春

斜風細雨作春寒對尊前憶前歡曾把梨花寂寞淚闌干芳草斷煙南浦路和別淚看青山　昨宵結得夢夤緣水雲間悄無言爭奈醒來愁恨又依然展轉

衾裯空懊惱天易見見伊難

減字木蘭花春怨

獨行獨坐獨倡獨酬還獨卧佇立傷神無奈春寒著摸人此情誰見淚洗残粧無一半愁病相仍剔盡寒燈夢不成

眼兒媚

遲遲風日弄輕柔花徑暗香流清明過了不堪回首

雲鎖朱樓　午窗睡起鶯聲巧何處喚春愁綠楊影
裏海棠亭畔紅杏梢頭

鷓鴣天

獨倚闌干晝日長紛紛蜂蝶鬬輕狂一天飛絮東風
惡滿路桃花春水香　當此際意偏長萋萋芳草傍
池塘千鍾尚欲偕春醉幸有荼蘼與海棠

清平樂

風光緊急三月俄三十擬欲留連計無及綠野煙愁
露泣倩誰寄語春宵城頭畫鼓輕敲繾綣臨岐囑
付來年早到梅梢

又 夏日游湖

惱煙撩露留我須臾住攜手藕花湖上路一霎黃梅
細雨嬌癡不怕人猜隨羣暫遣愁懷最是分攜時
候歸來懶傍粧臺

點絳唇向誤刻木蘭花

黃鳥嚶嚶曉來却聽丁丁木芳心已逐淚眼傾珠斛見自無心更調離情曲鴛幃獨望休窮目回首溪山綠

又冬

風勁雲濃暮寒無奈侵羅幙髻鬟斜掠呵手梅粧薄少飲清歡銀燭花頻落恁蕭索春工已覺點破梅

香夢

蝶戀花 送春

樓外垂楊千萬縷欲繫青春少住春還去猶自風前飄柳絮隨春且看歸何處　綠滿山川聞杜宇便做無情莫也愁人苦把酒送春春不語黃昏却下瀟瀟雨

菩薩蠻 秋

秋聲乍起梧桐落蛩吟唧唧添蕭索欹枕背燈眠月和殘夢圓起　起來鈎翠箔何處寒砧作獨倚小闌干徧人風露寒

又

山亭水榭秋方半鳳幃寂寞無人伴愁悶一番新雙蛾只舊顰　起來臨繡戶時有疎螢度多謝月相憐今宵不忍圓

又 木樨

也無梅柳新標格也無桃李妖嬈色一味惱人香羣花爭敢當 情知天上種飄落深岩洞不管月宮寒將枝比竝看

又 咏梅

溼雲不渡溪橋冷蛾寒初破霜鉤影溪下水聲長一枝和月香 人憐花似舊花不知人瘦獨自倚闌干

夜深花正寒

鵲橋仙 七夕

巧雲粧晚西風罷暑小雨翻空月墜牽牛織女幾經秋尚多少離腸恨淚微涼入袂幽歡生座天上人間滿意何如暮暮與朝朝更改却年年歲歲

念奴嬌 催雪

冬晴無雪是天心未肯化工非拙不放玉花飛墮地

留在廣寒宫闕雲欲同時霰將集處紅日三竿揭六花剪就不知何處施設　應念隴首寒梅花開無伴對景真愁絶待出和羹金鼎手爲把玉鹽飄撒瀟壂皆平乾坤如畫更吐冰輪潔梁園宴客夜明不怕燈滅

又

鵝毛細剪是瓊珠密灑一時堆積斜倚東風渾漫漫

頃刻也須盈尺玉作樓臺鉛鎔天地不見遥岑碧佳人作戲碎揉些子抛擲爭奈好景難留風僝雨僽打碎光凝色總有十分輕妙態誰似舊時憐惜檐閣梁吟寂寞楚舞笑揑獅兒隻梅花依舊歲寒松竹三益

卜算子 詠梅

竹裏一枝梅映帶林逾靜雨後清奇畫不成淺水横

疎影 吹徹小單于心事思重省拂拂風前度暗香
月色侵花冷

柳梢青 詠梅

玉骨冰肌為誰偏好特地相宜一味風流廣平休賦
和靖無詩 倚窗睡起春遲困無力菱花笑窺嚼蕋
吹香眉心點處鬢畔簪時

又

涷合疎籬半飄殘雪斜臥枝低可便相宜煙藏脩竹
月在寒溪　亭亭竚立移時拚瘦損無妨為伊誰賦
才情畫成幽思寫入新詩

又

雪舞霜飛隔簾微疎影微微見橫枝不道寒香解隨羌
管吹到屏幃　箇中風味誰知睡乍起烏雲甚欹嚼
蕋粧英淺顰輕笑酒半醒時

[illegible]

臨庵新安人此說不足據才既可傳何必借重道學

紀畧

淑真淛中海寧人文公姪女也文章幽豔才色娟麗實閨閣所罕見者因匹偶非倫弗遂素志賦斷腸集十卷以自解臨安王唐佐為傳以述其始末吴中士大夫集其詩二百餘篇宛陵魏仲恭為之序

此本編輯既成無可較對有刻
叢書者當舉以畀之待後世
有心人攷訂焉辛卯孟冬廿三夜
鐙下石叟醉後書

类别 丙類
册数 1
售价 6.00

李易安叢集

馮貞羣民國間輯本

據浙江圖書館藏馮貞羣輯本

影印原書板框高二十二厘米

寬十五點五厘米

李易安叢集

伏跗居士編訖署耑

詞集當分內外編以梅苑樂府雅詞花草粹編漱玉詞爲內互見他人之作爲外將来訪得花草粹編重行寫定先記於此以當息壤馮貞羣

盖当先以此册见赠其用力之勤当为未

编定且花草粹编所收李词亦并补入矣

记全芳备祖中亦有李事作且录花草粹

编附书中诗话此书为搜辑编定虽思极手

若不分类则以调之小大分之

折可因数于三校本中谓因均误　孟劬又上

岂若识鄙子耶一笑

壬子五月瞿禅记　时年七十三

易安居士畫象

象舊藏諸城縣署中貯以竹筒今為縣人裴君玉樵所得按易安嫁趙明誠明誠諸城人而家於青山圖之在諸城固宜画筆古雅其為當時真本可知乙丑十月屬孫君翔熊摹之冊首輒記之

馮貞羣

李易安叢集

易安著作考

打馬圖經粤雅堂本　長沙葉德輝麗樓叢書中有仿明正德本未見

李易安文

李易安詞樂府雅詞本

毛刻漱玉詞汲古閣本

王刻漱玉詞四印齋本

易安居士事輯癸巳類稿本

甲子之秋浙江督辦盧永祥與蘇皖贛巡閱使齊燮元交戰警報日至居民皇恐東西奔走十室九空余家居無緒手寫毛本漱玉詞以排遣之九月十五夜半鄞城第一旅旅長郝

國璽潛攻師長伍文淵於其廨密邇寓廬枕上聞銃聲起乃
謀出走越二日盡室之上海半月事平歸來亂離之餘人事
牽帥易安之書遂以中輟乙丑六月暴書檢得是冊復事賡
續從伍氏叢書俞氏類稿寫出打馬圖經易安事輯各一卷
編定著作攷旋得四印齋本漱玉詞增出大半復補入之乞
人摹易安小象於卷耑耳目所及易安之作搜討靡遺續有
所得再當纂集乙丑十一月馮貞羣

易安著作考

馮貞羣編

晁公武郡齋讀書志別集類

李易安集十二卷　右皇朝李氏格非之女先嫁趙誠之有才藻名其舅正夫相徽宗朝李氏嘗獻詩曰炙手可熱心可寒然無檢操晚節流落江湖間以卒

陳振孫直齋書錄解題雜藝類

打馬賦一卷　易安李氏撰用二十馬以上三者

案書錄解題前有無名氏打馬格局一卷又打馬圖式一卷鄭寅子敬撰用五十馬各不同今世打馬大約與古之樗蒲相類

宋史藝文志集類別集
易安居士文集七卷 宋李格非女撰
又易安詞六卷

直齋書錄解題歌詞類 案馬端臨文獻通考本此不重錄

漱玉集一卷 易安居士李氏清照撰元祐名士格非文叔之女嫁東武趙明誠德甫晚歲頗失節

別本分五卷

焦竑國史經籍志子類藝術家

李易安打馬錄一卷

國史經籍志集類別集

李易安集十二卷

陳第世善堂藏書目錄各家雜藝

打馬賦一卷 李易安 打馬圖經一卷

世善堂藏書目錄集類

李易安集十二卷　李格非女　閨閣集

漱玉集詞一卷　李易安　詞曲

錢曾述古堂藏書目藝術

李清照打馬圖一卷　抄

清四庫全書總目集部詞曲類

漱玉詞一卷（江蘇周厚堉家藏本）宋李清照撰清照號易安居士濟南人禮部郎提點京東刑獄格非之女湖州守趙明誠之妻也清照工詩文尤以詞擅名胡仔苕溪漁隱叢話稱其再適張汝舟未幾反目有啟事上綦處厚云猥以桑榆之晚景配茲駔儈之下材傳者無不笑之今其啟具載趙彥衛雲麓

漫鈔中李心傳建炎以來繫年要錄載其與後夫構訟事尤詳此本為毛晉汲古閣所刊卷末備載其軼事逸文而不錄此篇蓋諱之也案陳振孫書錄解題載清照漱玉詞一卷又云別本作五卷黃昇花菴詞選則稱漱玉詞三卷今皆不傳此本僅詞十七闋附以金石錄序一篇蓋後人裒輯為之已非其舊其金石錄後序與刻本所載詳略迥殊蓋從容齋五筆中鈔出亦非完篇也清照以一婦人而詞格乃抗軼周柳張端義貴耳集極推其元宵詞永遇樂秋詞聲聲慢以為閨閣有此文筆殆為閒氣良非虛美雖篇帙無多固不能不寶而存

之爲詞家一大宗矣

清四庫全書簡明目録集部詞曲類

漱玉詞一卷　宋李清照撰清照雖女子而詞格高秀乃與周柳抗行此本僅十七闋附以金石録後序一篇蓋後人掇拾而成非其完本然已見大概矣

丁丙善本書室藏書志集部詞曲類詞集之屬

漱玉詞一卷舊鈔本　宋李清照清照姓李氏號易安居士濟南人李格非之女適東武趙挺之仲子明誠有漱玉詞一卷頗多佳句末附金石録後序毛晉刻附六十家詞世謂清照於明誠故後再適

張汝舟未幾反目其事見雲麓漫鈔及繫年要錄近俞理初有事輯凡七千言辨誣晳疑洵足為易安吐氣也

陸心源皕宋樓藏書志集部詞曲類

漱玉詞一卷勞巽卿手校本 宋李易安撰

打馬圖經

粵雅堂本

宋李清照

慧則通通即無所不達專則精精即無所不妙故庖丁之解牛郢人之運斤師曠之聽離婁之視大至于堯舜之仁桀紂之惡小至于擲豆起蠅巾角拂棊皆臻至理者何妙而已後世之人不惟學聖人之道不到聖處雖嬉戲之事亦不得其依稀彷彿而遂止者多矣夫博者無他爭先術耳故專者能之予性喜博凡所謂博者皆耽之晝夜每忘寢食且平生多寡未嘗不進者何精而已自南渡來流離遷徙盡散博具故罕為之然實未嘗忘于胸中也今年十月朔聞淮上警報江浙之人自東走西自南走北居山林者謀入城市居城市者謀入山林傍午絡繹莫

不失所易安居士亦自臨安泝流涉嚴灘之險抵金華卜居陳氏第乍釋舟檝而見軒窗意頗適然更長燭明奈此良夜何于是博弈之事講矣且長行葉子博塞彈棊近世無傳若打褐大小猪窩族鬼胡畫數倉賭快之類皆鄙俚不經見藏酒樗蒱雙䟦融近漸廢絶選仙加減插關火質魯任命無所施人智巧大小象戲弈棋又惟可容二人獨采選打馬特為閨房雅戲嘗恨采選叢繁勞于檢閱故能通者少難遇勍敵打馬簡要而苦無文采按打馬世有二種一種一將十馬謂之關西馬一種無將二十四馬者謂之依經馬流傳既久各有圖經凡例可考行移賞罰互有異同又宣和間人取二種馬參襍加減大約交加僥倖古意盡矣所謂宣和馬者是也余獨愛依經馬因取其賞罰

亙度每事作數語隨事附見俾兒輩圖之不獨施之博徒實足貽諸好事使千萬世後知命辭打馬始自易安居士也紹興四年十一月二十四日易安室序

打馬賦

歲令云徂盧或可呼千金一擲百萬十都尊俎具陳已行揖讓之禮主賓既醉不有博弈者乎打馬爰興樗蒱遂廢實小道之上流乃深閨之雅戲齊驅驥騄疑穆王萬里之行間列玄黃類楊氏五家之隊珊珊珮響方驚玉蹬之敲落落星羅忽見連錢之碎若乃吳江楓冷燕山葉飛玉門關閉沙苑草肥臨波不渡似惜障泥或出入用奇有類昆陽之戰或優游仗義正如涿鹿之師或聞望久高脫復庾郎之失或聲名素昧便同癡叔之奇

亦有緩緩而歸昂昂而去鳥道驚馳螘封安步崎嶇峻坂未遇王良跼促鹽車難逢造父且夫丘陵云遠白雲在天心存戀豆志在著鞭止蹄黃葉何異金錢用五十六采之間行九十一路之內明以賞罰覈其殿最運指麾于方寸之中決勝負于幾微之外且好勝者人之常情游藝者士之末技說梅止渴稍蘇奔競之心畫餅充飢少謝騰驤之志將圖實效故臨難而不回欲報厚恩故知幾而先退或銜枚緩進已踰關塞之艱或賈勇爭先莫悟穽塹之墜皆由不知止足自貽尤悔況為之不已事實見于正經用之以誠義必合于天德故繞牀大叫五木皆盧醲酒一呼六子盡赤平生不負遂成劍閣之師別墅未輸已破淮淝之賊今日豈無元子明時不乏安石又何必陶長沙博局之

投正當師袁宏道布帽之擲也辭曰佛狸之見卯年死貴賤紛紛尚流徙滿眼騂騮兼綠耳時危安得真致此老矣誰能志千里但願相將過淮水

采色例

凡碧油至滿盆星有五十六采

賞色

堂印 碧 桃花重五 鴈行兒 拍板兒 滿盆星

黑十七 馬軍 靴楦 艮十 撮十

罰色

小浮圖 小娘子

雜色

赤牛 黑牛 驢角 角後
大門 正臺 笮策頭 暮宿
大搶 皁鶴 野雀巷 人五
花羊 了角兒 條中 赤十二
腰曲樓 飩鏈兒 紅鶴 九二
小搶。 急火。 胡十 蛾眉
夾十 平頭 撮九。 拐九。
妹几 夾九 丁九。 雁八
撮八。 拐八。 大肚。 夾八
七白。。 川七 夾山 拐七
火同兒。。 小觜 葫蘆頭。。

鋪盆例

凡置局二人至五人均聚錢置盆中臨時商量多寡從衆然不可過四五人之數多則本采交錯多致喧鬧矣既先設席豈憚攫金便請著鞭謹令編埒罪而必罰已從約法之三章賞必有功勿效遶牀之大叫凡不從衆議喧鬧者罰十帖入盆中

本采例 用骰子三隻

凡第一擲謂之本采如擲賞罰色即不得認作本采到飛龍院真本采方許過如平頭是真本采十三大槍之類皆本采

公車射策之初記其甲乙神武掛冠之日定彼去留汝其有始有終我則無偏無黨

下馬例

凡馬每二十匹用犀象刻成或鑄銅為之如大錢樣刻其文為馬文各以馬名別之如白驊騮之類或只用錢各以錢文為別仍雜采染其文須用當三錢當二以絕下之時堂印如渾花下八匹賞八帖如十二本采更下二匹碧油六渾花下六匹賞六帖桃花重五五渾花下五匹賞五帖如十五本采更下二匹鴈行兒三渾花下四匹賞四帖如九本采更下二匹拍板兒二渾花下四匹如五本采更下二匹滿盆星幺渾花下四匹賞四帖真本采下三匹賞三帖傍本采下二匹賞二帖承人真撞謂下次道手抑同上次賞罰色無真撞下三匹賞三帖日擲賞色靴信銀十作撮手黑十七馬渾傍本采各下二匹賞二帖別擲自家傍本采傍撞各下二匹賞二帖上次擲罰采小娘子小浮屠各下二匹賞二帖餘散采下一匹

夫勞多者賞必厚施重者報必深或再見而取十官或一門而列三戟又昔人君每有賜臣下必先以乘馬馬秦繆公悔赦孟明解左驂而贈之是也豈功厚錫爾自取之子何厚薄焉凡下次人

未有采上次人雖入難擲賞采不理賞擲

行馬例

凡馬局十一窩遇入窩不打賞一擲後來馬者多亦不許行

九陽數也故數九而立窩窩險塗也故入窩而必賞既能據險一以當千便可成功寡能敵衆謝回後騎以避先登

凡疊成十馬方許過函谷關十馬先過然後餘馬隨多少得過自至函谷關則少馬不許踰別人多馬如前後有多馬不許行候多馬移動方許行馬數同即許行

自馬不礙行百里者半九十汝其知乎方茲萬勒爭先千羈競轃得其中道止以半塗如能疊騎先馳方許後來繼進既施薄效須稍旌甄可倒半盆

凡疊足二十馬到飛龍院散采不得行直待自擲真本采堂印碧油桃花重五鴈行兒拍扳兒滿盆星諸賞采等及别人擲自家真本采上次擲罰采方許過

萬馬無聲恐是銜枚之後千蹄不動疑乎立仗之時如能翠幙張油黄扉啟印鴈歸沙漠花發武陵歌筵之小板初齊天際之流星暫聚或受彼罰或旌己勞或當謝事之時復遇出身之數語曰鄰之薄家之厚也以此始者以此終乎皆得成功俱無後悔

打馬例

凡多馬遇少馬點數相及即打去馬馬數同亦許打去任便再下

衆寡不敵其誰可當成敗有時夫復何恨或往而旋反有同虞國之留或去亦無傷有類塞翁之失欲雪孟明五敗之恥好求曹劌一旦之功其勉後圖我不汝棄

凡打去人全垜馬謂二十正倅一垜者倒半盆被打人出局如願再下者亦許

趙幟皆張楚歌盡起取功定霸一舉而成方西鄰責言豈可螘封共處既南風不競固難金埒同居便請著鞭不須戀廄

被打去人馬願再下

虧于一簣敗此垂成久伏鹽車方登峻坂豈期一蹶遂失長塗恨羣馬之皆空忿前功之盡棄但素蒙翦拂不棄駑駘願守門闌再從驅策遡風驤首已傷去日之障泥戀主銜恩更待明年

之春草

倒行例

凡遇打馬過疊馬遇入窩許倒行唯敵是求唯險是據後騎欲來前馬反顧既將有為退亦何害語不云乎日莫途遠故倒行而逆施之也

入夾例

凡遇飛龍院下三路謂之夾散采不許行遇諸夾采方許行謂如六六公行一路公公行六路呈渾花亦只等本采如碧油行六路滿盆星行一路之類□□六細□□滿矣

昔晉襄公以二陵而勝李亞子以夾寨而興禍福倚伏其何可知汝其勉之當取大捷

落塹例

凡尚乘局下一路謂之塹不行不打雖後有馬到亦同落塹謂之同處患難直待自擲諸渾花賞采真本采傍本采別人擲自家真本采傍本采上次擲罰采下次擲真傍撞方許依元初下馬之數飛去飛盡為倒盆每飛一匹賞一帖

凜凜臨危正欲騰驤而去駸駸遇伏忽驚穽塹之投項羽之騅方悲不逝玄德之騎已出如飛既勝以奇當旌其異請囘凡例亦倒全盆

倒盆例

凡十馬先到函谷關倒半盆（在局人再添）打去人全馬倒半盆全馬先到尚乘局為細滿倒倍盆（在局再添）遇尚乘局為麤滿倒一盆落塹馬飛盡同麤滿倒一盆

瑶池宴罷騏驥皆歸大宛凱旋龍媒並入已窮長路安用揮鞭未賜弊帷尤宜報主驥雖伏櫪萬里之志長存國正求賢千金之骨不棄定收老馬欲取奇駒既已解驂請拜三年之賜如圖再戰願成他日之功

賞帖例

凡謂之賞帖者臨時商量用錢為一帖（不過五錢則重復難供）自擲諸渾花賞采真傍本采各隨下馬匹數在局皆供別人擲人真傍本采隨手真傍撞上次罰采各隨下馬匹數犯事人供凡打馬得一馬賞一帖被打人供落塹飛出馬一匹賞一帖在局人皆供

賞擲例

凡自擲諸渾花諸賞采真傍本采打得馬疊得馬飛得馬皆賞

一擲别人擲自家真傍本采上次擲罸采皆賞一擲

右打馬圖經一卷宋李清照撰按清照濟南人號易安居士禮部郎格非之女湖州守趙明誠妻也苕溪漁隱叢話稱其再適張汝舟反目有啟上綦處厚具載雲麓漫鈔李心傳建炎以來繫年要錄載其構訟事尤詳毛子晉刊其詞集備載其軼事而不錄此段葢諱之也易安為詞家一大宗張端義貴耳錄稱其閨閣有此詞筆殆為間氣然雲麓漫鈔又錄其上樞密韓公工部尚書胡公兩詩並序詩說雋永又稱其從祕閣守建康作詩云南來尚怯吳江冷北狩應悲易水寒又云南渡衣冠少王導北來消息欠劉琨則固工於詩矣四六談麈又記其祭趙湖州文白日正中嘆龐公之機捷堅城自墮憐杞婦之深悲云云宋稗類鈔又記其賀人孿生啟玉刻雙璋錦挑對褓云云則又工

於儷體文矣又四朝詩集閨秀韓玉父秦人家於杭李易安教以詩又太平清話黄廷韓云向曾置李易安墨竹一幅亦奇女子矣而老學菴筆記又稱張子韶對策有桂子飄香語易安以詩嘲之曰露花倒影柳三變桂子飄香張九成宋稗類鈔又稱明誠在建康日易安每值天大雪必戴笠披蓑循城遠覽以尋詩為事亦風流放誕人矣打馬戲今不傳周櫟園書影稱予友虎林陸驤武近刻李易安之譜於閩以犀象蜜蠟為馬盛行近淮上人頗好此戲云云而今實未見殆失傳矣此為亡友黄石溪明經手寫本序稱撰於紹興四年固貴耳錄所稱南渡來常懷京洛舊事晚年賦詞有於今憔悴風鬟霧鬢時也時咸豐辛亥春盡日南海伍崇曜跋

乙亥閏四月十八日寫竟伏跗記

李易安文

金石錄後序

右金石錄三十卷者何趙侯德父所著書也取上自三代下迄五季鍾鼎甗鬲盤匜尊敦之款識豐碑大碣顯人晦士之事蹟凡見於金石刻者二千卷皆是正譌謬去取褒貶上合聖人之道下足以訂史氏之失者皆載之可謂多矣嗚呼自王播元載之禍書畫與胡椒無異長輿元凱之病錢癖與傳癖何殊名雖不同其惑一也余建中辛巳始歸趙氏時先君作禮部員外郎丞相時作吏部侍郎侯年二十一在太學作學生趙李族寒素貧儉每朔望謁告出質衣取半千錢步入相國寺市碑文果實歸相對展玩咀嚼自謂葛天氏之民也後二年出仕宦

便有飯蔬衣練窮遐方絶域盡天下古文奇字之志日就月將漸益堆積丞相居政府親舊或在館閣多有亡詩逸史魯壁汲冢所未見之書遂盡力傳寫浸覺有味不能自已後或見古今名人書畫三代奇器亦復脫衣市易嘗記崇寧間有人持徐熙牡丹圖求錢二十萬當時雖貴家子弟求二十萬錢豈易得耶留信宿計無所出而還之夫婦相向惋悵者數日後屏居鄉里十年仰取俯拾衣食有餘連守兩郡竭其俸入以事鉛槧每獲一書即同共校勘整集籤題得書畫彝鼎亦摩玩舒卷指摘疵病夜盡一燭為率故能紙札精緻字畫完整冠諸收書家余性偶強記每飯罷坐歸來堂烹茶指堆積書史言某事在某書某卷第幾葉第幾行以中否角勝負為飲茶先後中即舉杯大笑

至茶傾覆懷中反不得飲而起甘心老是鄉矣故雖處憂患困窮而志不屈收書既成歸來堂起書庫大櫥簿甲乙置書冊如要講讀即請鑰上簿關出卷帙或少損污必懲責楷完塗改不復向時之坦夷也是欲求適意而反取憀慄余性不耐始謀食去重肉衣去重采首無明珠翡翠之飾室無塗金刺繡之具遇書史百家字不刓闕本不譌謬者輒市之儲作副本自來家傳周易左氏傳故兩家者流文字最備於是几案羅列枕藉意會心謀目往神授其樂在聲色狗馬之上至靖康丙午歲侯守淄川聞金人犯京師四顧茫然盈箱溢篋且戀戀且悵悵知其必不為己物矣建炎丁未春三月奔太夫人喪南來既長物不能盡載乃先去書之重大印本者又去畫之多幅者又去古器之

無款識者後又去書之監本者畫之平常者器之重大者凡屢減去尚載書十五車至東海連艫渡淮又渡江至建康青州故第尚鎖書册什物用屋十餘間期明年春再具舟載之十二月金人陷青州凡所謂十餘屋者已皆為煨燼矣建炎戊申秋九月侯起復知建康府己酉春三月罷具舟上蕪湖入姑孰將卜居贛水上夏五月至池陽被旨知湖州過闕上殿遂駐家池陽獨赴召六月十三日始負擔捨舟坐岸上葛衣岸巾精神如虎目光爛爛射人望舟中告别余意甚惡呼曰如傳聞城中緩急奈何戟手遥應曰從衆必不得已先去輜重次衣被次書册卷軸次古器獨所謂宗器者可自負抱與身俱存亡勿忘也遂馳馬去塗中奔馳冒大暑感疾至行在病痁七月來書報卧病余

驚怛念侯性素急奈何病痁或熱必服寒藥疾可憂遂解舟下一日夜行三百里比至果大服茈胡黄芩藥瘧且痢病危在膏肓余悲泣倉皇不忍問後事八月十八日遂不起取筆作詩絶筆而終殊無分香賣屨之意葬畢余無所之朝廷已分遣六宮又傳江當禁渡時猶有書二萬卷金石刻二千卷器皿茵褥可待百客他長物稱是余又大病僅存喘息事勢日迫念侯有妹壻任兵部侍郎從衛在洪州遂遣二故吏先部送行李往投之冬十二月金人陷洪州遂盡委棄所謂連艫渡江之書又散為雲煙矣獨餘少輕小卷軸書帖寫本李杜韓柳集世説鹽鐵論漢唐石刻副本數十軸三代鼎鼐十數事南唐寫本書數篋偶病中把玩搬在卧内者巋然獨存上江既不可往又虜勢叵測

有弟抗任勅局删定官遂往依之到台台守已遁之剡出睦又棄衣被走黄巖顧舟入海奔行朝時駐蹕章安從御舟海道之溫又之越庚戌十二月放散百官遂之衢紹興辛亥春三月復赴越壬子又赴杭先侯疾亟時有張飛卿學士攜玉壺過視侯便攜去其實珉也不知何人傳道遂妄言有頒金之語或傳亦有密論列者余大惶怖不敢言亦不敢遂已盡將家中所有銅器等物欲赴外廷投進到越已移幸四明不敢留家中并寫本書寄剡後官軍收叛卒取去聞盡入故李將軍家所謂歸然獨存者無慮十去五六矣惟有書畫硯墨可五七簏更不忍置他所常在卧榻下手自開闔在會稽卜居土民鍾氏舍忽一夕穴壁負五簏去余悲慟不得活重立賞收贖後二日鄰人鍾復皓

出十八軸求賞故知其盜不遠矣萬計求之其餘遂牢不可出今知盡為吳説運使賤價得之所謂歸然獨存者乃十去其七八所有一二殘零不成部帙書冊三數種平平書帖猶復愛惜如護頭目何愚也邪今日忽閲此書如見故人因憶侯在東萊靜治堂裝卷初就芸籤縹帶束十卷作一帙每日晚吏散輒校勘二卷跋題一卷此二千卷有題跋者五百二卷耳今手澤如新而墓木已拱悲夫昔蕭繹江陵陷沒不惜國亡而毀裂書畫楊廣江都傾覆不悲身死而復取圖書豈人身之所著生死不能忘歟或者天意以余菲薄不足以享此尤物邪抑亦死者有知猶斤斤愛惜不肯留人間邪何得之艱而失之易也嗚呼余自少陸機作賦之二年至過蘧瑗知非之兩歲三十四年之間

憂患得失何其多也然有有必有無有聚必有散乃理之常人亡弓人得之又胡足道所以區區記其終始者亦欲為後世好古博雅者之戒云紹興二年玄黓歲壯月朔甲寅易安室李清照題案此文從金石錄采入與毛刻本詳畧迥別

李易安詞　　　　　　樂府雅詞本

南歌子

天上星河轉，人間簾幕垂。涼生枕簟淚痕滋。起解羅衣聊問、夜何其。翠貼蓮蓬小，金銷藕葉稀。舊時天氣舊時衣。只有情懷不似、舊家時。

轉調滿庭芳

芳草池塘，綠陰庭院，晚晴寒透窗紗。□□金鐶，管是客來唦。寂寞樽前席上，惟□□、海角天涯。能留否，酴醾落盡，猶賴有□□。　當年，曾勝賞，生香薰袖，活火分茶。□□龍嬌馬，流水輕車。不怕風狂雨驟，恰才稱、煮酒殘花。如今也，不成懷抱，得似舊時那。酒殘別作酒賤

貞羣案原本此下有漁家傲一調如夢令二調均見漱玉詞

多麗 詠白菊

小樓寒夜長，簾幕低垂恨蕭蕭無情風雨夜來揉損瓊肌也不似貴妃醉臉也不似孫壽愁眉韓令偷香徐娘傅粉莫將比擬未新奇細看取屈平陶令風韻正相宜微風起清芬醞藉不減酴醾 漸秋闌雪清玉瘦向人無限依依似愁凝漢皋解佩似淚洒紈扇題詩朗月清風濃煙暗雨天教憔悴度芳姿縱愛惜不知從此留得幾多時人情好何須更憶澤畔東籬

菩薩蠻

風柔日薄春猶早夾衫乍著心情好睡起覺微寒梅

花鬢上殘　故鄉何處是忘了除非醉沈水卧時燒香消酒未消

又

歸鴻聲斷殘雲碧背窗雪落爐煙直燭底鳳釵明釵頭人勝輕　角聲催曉漏□□曙色回牛斗春意看花難西風留舊寒□□四印齋本作曙色

浣溪沙　四印齋本沙作紗

莫許盃深琥珀濃未成沈醉意先融□□已應晚來風瑞腦香消魂夢斷碎寒金小髻鬟鬆醒時空對燭花紅　碎寒四印齋本作辟寒

又

小院閑窗春色深重簾未捲影沈沈倚樓無語理瑤琴遠岫出山催薄暮細風吹雨弄輕陰梨花欲謝恐難禁

又

澹蕩春光寒食天玉爐沈水裊殘煙夢回山枕隱花鈿海燕未陽春白雪作歸來人鬬草江梅已過柳生綿黃昏疎雨濕秋千

貞羣案原本此下有鳳皇臺上憶吹簫又一翦梅凡二調均見漱玉詞

蝶戀花

淚濕羅衣脂粉滿四疊陽關唱到千千遍人道山長山又斷蕭蕭微雨聞孤館 惜別傷離方寸亂忘

了臨行酒盞深和淺好把音書憑過雁東萊不似蓬萊遠四印齋本注首句別作淚搵征衣脂粉暖好把之把別作有

貞羣案原本此下有蝶戀花暖雨晴風一調已見漱玉詞

鷓鴣天

寒日蕭蕭上鎖窗梧桐應恨夜來霜酒闌更喜團茶苦夢斷偏宜瑞腦香秋已盡日猶長仲宣懷遠更淒涼不如隨分尊前醉莫負東籬菊蕊黃

小重山

春到長門春草青江梅些子破未開勻碧雲籠碾玉成塵留曉夢驚破一甌春花影壓重門疏簾鋪淡月好黃昏二年三度負東君歸來也著意過今春

怨王孫

湖上風來波浩渺秋已暮紅稀少水光山色與人親說不盡無窮好　蓮子已成荷葉老清露洗蘋花汀草眠沙鷗鷺不回頭似也恨人歸早

臨江仙

庭院深深深幾許雲窗霧閣常扃柳梢梅萼漸分明春歸秣陵樹人客建安城　感月吟風多少事如今老去無成誰憐憔悴更彫零試燈無意思踏雪沒心情

四印齋本人客建安城作人老建康城

貞羣案原本此下有醉花陰一闋已見漱玉詞

好事近

風定落花深簾外擁紅堆雪長記海棠開後正是傷春時節 酒闌歌罷玉樽空青釭暗明滅魂夢不堪幽怨更一聲啼鴂 四印齋本注此詞上段末句是字疑衍

訴衷情

四印齋本案訴衷情有單調有雙調此詞名訴衷情令一名漁父家風張元幹嚴仁皆同

夜來沈醉卸粧遲梅萼插殘枝酒醒熏破惜春夢遠又不成歸 人悄悄月依依翠簾垂更挼殘蘂更撚餘香更得些時

四印齋本案訴衷情有單調有雙調皆與此詞不同惟訴衷情令相合但前段第三句六字第四句五字此詞前段五句下三句皆作四字一句較譜多一字或傳寫誤增或當時本有此體然宋人無如此填者此注俟攷 運案酒醒三句毛鈔本花草粹編並作酒醒熏破春睡夢斷不成歸

行香子

草際鳴蛩驚落梧桐正人間天上愁濃雲階月地關鎖千重縱浮槎來浮槎去不相逢 星橋鵲駕經年纔見想離情別恨難窮牽牛織女莫是離中甚霎兒

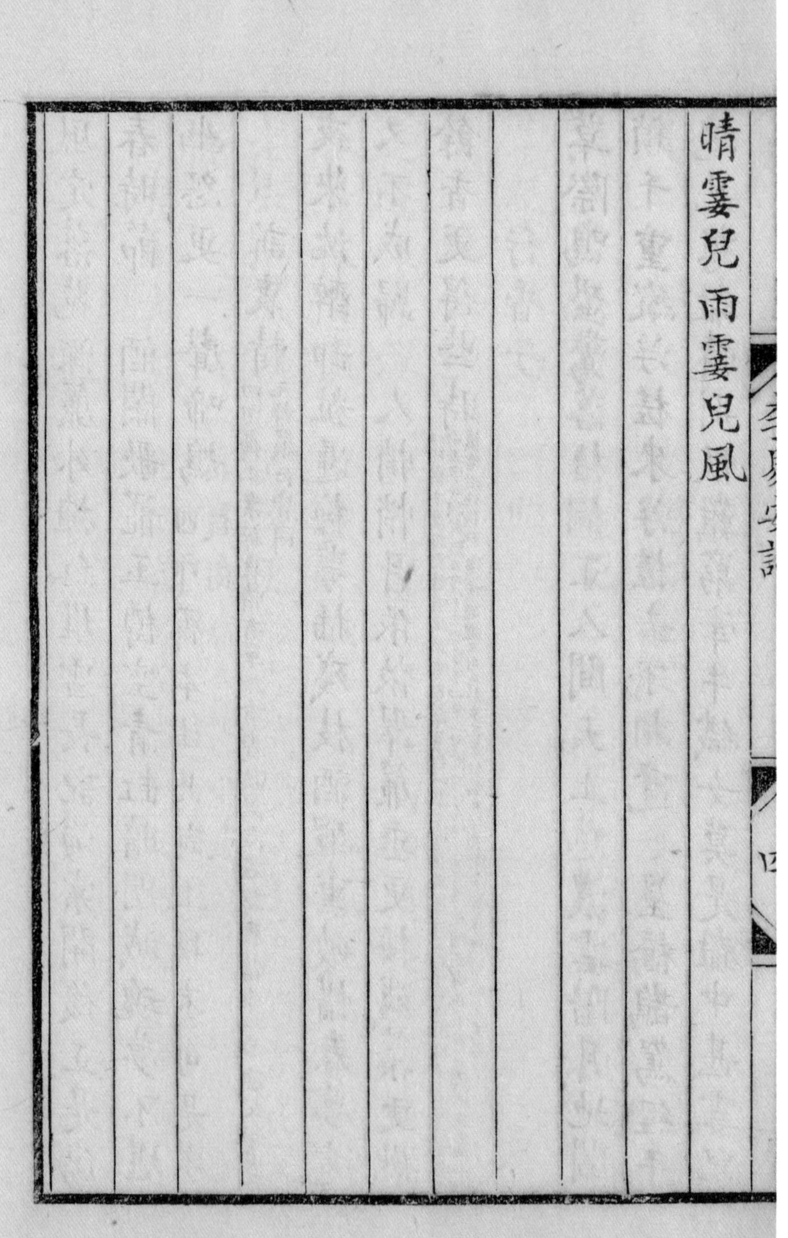

晴霎兒雨霎兒風

漱玉詞

目錄

附

漱玉詞　汲古閣本

宋　李氏　清照

鳳皇臺上憶吹簫　閨情

香冷金猊被翻紅浪起來慵自樂府雅詞作人未梳頭任寶奩塵滿雅詞作閒掩日上簾鉤生怕離懷別苦雅詞作閒愁暗恨多少事欲說還休新來雅詞作今年瘦非干病酒不是悲秋休休雅詞作明朝這回去也千萬遍陽關也則雅詞作即難留念武陵人遠煙雅詞作春晚雲鎖秦雅詞作重樓惟有雅詞作記取樓前流雅詞作綠水應念我終日凝眸凝眸處從今又添一段雅詞作更數幾段新愁

聲聲慢　秋情

尋尋覓覓冷冷清清凄凄慘慘戚戚乍煖還寒時候最難將息三杯兩盞淡酒怎敵他曉來風急雁過也正傷心　卻是舊時相識　滿地黃花堆積憔悴損如今有誰堪摘守着窗兒獨自怎生得黑梧桐更兼細雨到黃昏點點滴滴這次第怎一箇愁字了得（曉來四印齋本作晚來）

壺中天慢　春情

蕭條庭院又斜風細雨重門須閉寵柳嬌花寒食近種種惱人天氣險韻詩成扶頭酒醒別是閒滋味征鴻過盡萬千心事難寄　樓上幾日春寒簾垂四面玉闌干慵倚被冷香銷新夢覺不許愁人不起清露晨流新桐初引多少遊春意日高煙斂更看今日晴

末四印齋本晨流作晨梳

漁家傲 記夢

天接雲濤連曉霧星河欲轉千帆舞彷彿夢魂歸帝所聞天語殷勤問我歸何處　我報路長嗟日暮學詩謾有驚人句九萬里風鵬正舉風休住蓬舟吹取三山去

一剪梅 別愁

紅藕香殘玉簟秋輕解羅裳獨上蘭舟雲中誰寄錦書來雁字回時月滿西樓　花自飄零水自流一種相思兩處閑愁此情無計可消除才雅詞作纔下眉頭卻上心頭四印齋本注云一本無西字

如夢令 酒興

常記溪亭日暮沈醉不知歸路興盡晚回舟誤入藕花深處爭渡爭渡驚起一行雅詞作灘鷗鷺

又

昨夜雨疎風驟濃睡不消殘酒試問卷簾人卻道海棠依舊知否知否應是綠肥紅瘦

醉花陰 九日

薄霧濃雲愁永晝瑞腦銷金獸時雅詞作佳節又重陽玉枕紗廚半夜涼初透 東籬把酒黃昏後有暗香盈袖莫道不消魂簾卷西風人似黃花瘦四印齋本人似作人比

怨王孫 春暮

夢斷漏悄愁濃酒惱寶枕生寒翠屏向曉門外誰掃残紅夜來風　玉簫聲斷人何處春又去忍把歸期負此情此恨此際擬託行雲問東君

又春暮

帝里春晚重門深院草綠堦前暮天雁斷樓上遠信誰傳恨綿綿　多情自是多沾惹難拚捨又是寒食也鞦韆巷陌人靜皎月初斜浸梨花

蝶戀花離情

暖雨和雅詞作晴風初破凍柳潤雅詞作眼梅輕雅詞作腮已覺春心動酒意詩情誰與共淚融残粉花鈿重　乍試夾衣雅詞作衫金縷縫山枕攲斜雅詞作斜攲枕損釵頭鳳獨抱

濃愁無好夢夜闌猶剪燈花弄

浣溪沙　春暮　四印齋本沙作紗

樓上晴天碧四垂樓前芳草接天涯勸君莫上最高梯　新笋看成堂下竹落花都上燕巢泥忍聽林表杜鵑啼　四印齋本勸君作傷心看成作已成都上作都入

又

髻子傷春慵更梳晚風庭院落梅初淡雲來往月疏疏　玉鴨薰爐閑瑞腦朱櫻斗帳掩流蘇遺犀還解辟寒無　四印齋本慵作懶薰爐作熏鑪遺作通

又

繡面芙蓉一笑開斜飛寶鴨襯香腮眼波纔動被人

猜一面風情深有韻半戕嬌恨寄幽懷月移花影約重來四印齋本繡面作繡幕斜飛作斜偎纔動作才動　又注云此尤不類明明是淑真月上柳梢人約黃昏詞意蓋既汙淑真又汙易安也

武陵春　春晚

風住塵香花已盡日晚倦梳頭物是人非事事休欲語淚先流　聞說雙溪春尚好也擬泛輕舟只恐雙溪舴艋舟載不動許多愁

點絳唇　閨思

寂寞深閨柔腸一寸愁千縷惜春春去幾點催花雨　倚遍闌干祗是無情緒人何處連天芳草望斷[歸]來路芳草四印齋本作芳樹

雨中花　閨情　四印齋本作浪淘沙

素約小腰身不奈傷春疎梅影下晚粧新裊裊娉婷何樣似一縷輕雲　歌巧動朱唇字字嬌嗔桃花深徑一通津悵望瑤臺清夜月還送歸輪（四印齋本還送作還照）

附

金石錄後序

予以建中辛巳歸趙氏時丞相作吏部侍郎家素貧儉德甫在太學每朔望謁告出質衣取半千錢步入相國寺市碑文果實歸相對展玩咀嚼後二年從宦便有窮盡天下古文奇字之志傳寫未見書買名人書畫古奇器有持徐熙牡丹圖求錢二十萬留信宿計無所得捲還之夫婦相向惋悵者數日及連守兩

郡竭俸入以事鉛槧每獲一書即日勘校裝緝得名畫彝器亦摩玩舒卷摘指疵病盡一燭爲率故紙札精緻字畫全整冠於諸家每飯罷坐歸來堂烹茶指堆積書史言某事在某書某卷第幾葉第幾行以中否勝負爲飲茶先後中則舉杯大笑或至茶覆懷中不得飲而起凡書史百家字不刓缺本不誤者輒市之儲作副本靖康丙午德甫守淄川聞虜犯京師盈箱溢篋戀戀悵悵知其必不爲己物建炎丁未奔太夫人喪南來既長物不能盡載乃先去書之印本重大者畫之多幅者器之無款識者已又去書之監本者畫之平常者器之重大者所載尚十五車連艫渡

淮江其青州故第所鎖十間屋期以明年具舟載之又化爲煨燼己酉歲六月德甫駐家池陽獨赴行都自岸上望舟中告别予意甚惡呼曰如傳聞城中緩急奈何遥應曰從衆必不得已先棄輜重次衣衾次書冊次卷軸次古器獨宗器者可自負抱與身俱存亡勿忘之徑馳馬去秋八月德甫以病不起時六宫往江西予遣二吏部所存書二萬卷金石刻二千本先往洪州至冬虜陷洪遂盡委棄所謂連艫渡江者又散爲雲煙矣獨餘輕小卷軸寫本李杜韓柳集世説鹽鐵論石刻數十副軸鼎鼒十數及南唐書數篋偶在卧内巋然獨存上江既不可往乃之台溫之衢

之越之杭寄物於嵊縣庚戌春官軍收叛卒悉取去入故李將軍家歸然者十失五六猶有五七簏挈家寓越城一夕為盜穴壁負五簏去盡為吳說運使賤價得之僅存不成部秩殘書策數種忽閱此書如見故人因憶德甫在東萊靜治堂裝標初就芸籤縹帶束十卷作一帙日校二卷跋一卷此二千卷有題跋者五百二卷耳今手澤如新墓木已拱乃知有有必有無有聚必有散亦理之常又胡足道所以區區記其終始者亦欲為後世好古博雅者之戒云龍舒郡庫刻其書而此序不見洪容齋見元槀於王順伯因為拈出易安作序時紹興四年也

李易安賀人孿生啟中有云無午未二時之分有

伯仲兩楷之似既繫臂而繫足實難弟而難兄玉刻雙璋錦挑對褓註云任文二子孿生德卿生于午道卿生于未張伯楷仲楷兄弟形狀無二白汲兄弟毋不能辨以五色繩一繫于臂一繫于足漱玉集不載此啟見文粹補遺

趙明誠幼時其父將為擇婦明誠晝寢夢誦一書覺來惟憶三句云言與司合安上已脫芝芙草拔以告其父其父為解曰汝殆得能文詞婦也言與司合是詞字安上已脫是女字芝芙草拔是之夫二字非謂汝為詞女之夫乎後李翁以女女之即易安也果有文章易安結縭未久明誠即負笈遠

游易安殊不忍别覓錦帕書一剪梅詞以送之

易安以重陽醉花陰詞函致明誠明誠嘆賞自愧弗逮務欲勝之一切謝客忘食忘寢者三日夜得五十闋雜易安作以示友人陸德夫德夫玩之再三曰只三句絕佳明誠詰之答曰莫道不消魂簾捲西風人似黄花瘦政易安作也

宋人中填詞李易安亦稱冠絶使在衣冠當與秦七黄九爭雄不獨雄於閨閣也其詞名漱玉集尋之未得聲聲慢一詞最為婉妙荃翁張端義貴耳集云此詞首下十四箇疊字乃公孫大娘舞劍手本朝非無能詞之士未曾有下十四箇疊字者乃

用文選諸賦格守着窗兒獨自怎生得黑此黑字不許第二人押又梧桐更兼細雨到黃昏點點滴滴四疊字又無斧痕婦人中有此殆間氣也晚年自南渡後懷京洛舊事賦元宵永遇樂詞云落月鎔金暮雲合璧已自工緻至於染柳烟輕吹梅笛怨春意知幾許氣象更好後疊云于今憔悴風鬟霜鬢怕見夜間出去皆以尋常言語度入音律鍊句精巧則易平淡入妙者難山谷所謂以故為新以俗為雅者易安先得之矣

張子韶對策有桂子飄香之語趙明誠妻李氏嘲之曰露花倒影柳三變桂子飄香張九成

黄叔暘云漱玉集三卷馬端臨云別本分五卷今一卷攷諸宋元雜記大率合詩詞雜箸爲漱玉集則釐全集爲三卷無疑矣第國朝博雅如用脩先生尚嘅未見其全湮沒不幾久耶庚午仲秋余從選卿覓得宋詞廿餘種乃洪武三年抄本訂正已閱數名家中有漱玉斷腸二册雖卷帙無多參諸花庵草堂彤管諸書已浮其半眞鴻寶也急合梓之以公同好末載金石錄後序略見易安居士文妙非止雄於一代才　直洗南渡後諸儒腐氣上追魏晉矣　附遺事幾則亦罕傳者湖南毛晉識

四印齋重刊漱玉詞目次

端木埰序

目

章述汶曰檢梅苑共得李易安詞二十四闋今僅登此蓋就選本錄出者不檢原書是其疏也

附錄

乙丑十一月馮貞羣補目

四印齋重刊漱玉詞序

蛾眉見疾謡諑謂以善淫驥足蒲雲駑駘誣其要駕有宋以降無稽競鳴燈籠織錦潞國蒙讒屏角箴錢歐公受謗青蠅玷璧赤舌燒天越在偏安益煽騰説禮法如朱子而有帷薄穢汙之聞忠勇如岳王而有受詔逗遛之譖矧茲閨闥詎免讆言易安以筆飛鸞聳之才際紫色蛙聲之會將杭作汴賸水殘山公卿容頭而過身世事跋胡而疐尾而乃鏘洋文史跌宕詞華頌舜厤之靈長仰堯天之巍蕩思渡淮水志殲佛貍風塵懷京洛之思已增時忌金帛止翰林之賜益怒朝紳宜乎飛短流長變白為黑誣義方之閨彥為潦倒之夫娘壺可為臺有類鹿馬之指啟將作訟何殊薏珠之寃此義士之所拊心貞媛之所扼捥者

也聖朝章志貞教發潛闡幽掃摵樹之蚍蜉蕩含沙之䖝蜮凡在佔畢濡毫之彥咸以彰善闡惡為心是以黟山俞理初先生著癸巳類稿既為昭雪于前吾鄉金偉軍先生主戊申詞壇復用參稽于後皆援志乘尚論古人事有據依語殊鑿空吾友幼霞閣讀家擅學林人游埶圃汲華劉井擢秀謝庭偶繙漱玉之詞深恫爍金之謬將刊專集藉雪厚誣以僕同心屬為弁首嗚呼察詞于差論古貴識三至讒亟終啟投杼之疑十香詞淫竟種焚椒之禍所期哲士力掃妄言如吾子之用心恨古人之不見苕華琢玉允光淑女之名漆室鉅幽齊下貞姬之拜光緒七年正月古黎陽端木埰子疇序

漱玉詞凡樂府雅詞汲古閣本所著錄者均見目次今不復錄　四印齋本

宋　濟南　李清照　易安

添字采桑子　芭蕉

窗前種得芭蕉樹陰滿中庭陰滿中庭葉葉心心舒卷有餘情

傷心枕上三更雨點滴淒清點滴淒清愁損離人不慣起來聽

攤破浣溪紗

病起蕭蕭兩鬢華卧看殘月上窗紗豆蔻連梢煎熟水莫分茶枕上詩篇閒處好門前風景雨來佳終日向人多醞藉木樨花

清平樂

年年雪裏常插梅花醉挼盡梅花無好意贏得滿衣清淚　今年海角天涯蕭蕭兩鬢生華看取晚來風勢故應難看梅花

點絳唇

蹴罷秋千起來慵整纖纖手露濃花瘦薄汗輕衣透　見有人來襪剗金釵溜和羞走倚門回首却把青梅嗅

生查子 貞羣案花草粹編詞林萬選並作朱敦儒詩詞雜俎作朱淑真此從歷代詩餘采入

年年玉鏡臺梅蕊宮妝困今歲不歸來怕見江南信　酒從別後疎淚向愁中盡遙想楚雲深人遠天涯近

慶清朝慢

禁幄低張雕闌巧護就中獨占殘春容華淡佇綽約俱見天真待得羣花過後一番風露曉妝新妖嬈態妒風咲月長殢東君

東城邊南陌上正日烘池館競走香輪綺筵散目誰人可繼芳塵更好明光宮裏幾枝先向日邊勻金樽倒擁了畫燭不管黃昏

滿庭芳　殘梅　貞犀案梅苑目作滿庭霜無殘梅二字

小閣藏春閑窗鎖晝畫堂無限深幽篆香燒盡日影下簾鉤手種江梅漸好又何必臨水登樓無人到寂寥恰似何遜在揚州從來知韻勝難禁雨藉不耐風揉更誰家橫笛吹動濃愁莫恨香消玉減須信道埽跡別作跡埽情留難言處良宵淡月疎影尚風流梅苑漸好作更好恰似作渾似難禁作難堪風揉作風柔香消作香銷玉減作雪減

御街行

藤牀紙帳朝眠起說不盡無佳思沈香烟斷玉鑪寒伴我情褱

如水笛聲三弄梅心驚破多少春情意　小風疏雨蕭蕭地又催下千行淚吹簫人去玉樓空腸斷與誰同倚一枝折得人間天上沒箇人堪寄

青玉案

征鞍不見邯鄲路莫便匆匆歸去秋正蕭條何以度明窗小酌暗燈清話最好流連處　相逢各自傷遲暮獨把新詩誦奇句鹽絮家風人所許如今憔悴但餘雙淚一似黃梅雨

采桑子

晚來一陣風兼雨洗盡炎光理罷笙簧卻對菱花淡淡妝　絳綃縷薄冰肌瑩雪膩酥香咲語檀郎今夜紗幮枕簟涼此闋詞意慮淺

不類易安手筆　案花草粹編作康伯可

浪淘沙

簾外五更風吹夢無蹤畫樓重上與誰同記得玉釵斜撥火寶篆成空　回首紫金峰雨潤烟濃一江春水醉醒中留得羅襟前日淚彈與征鴻

殢人嬌　貞羣案梅苑有後亭梅花開有感目七字　又案又晚作較晚更須作便須

玉瘦香濃檀深雪散今年恨探梅又晚江樓楚館雲閒水遠清晝永凭闌翠簾低捲　坐上客來樽中酒滿歌聲共水流雲斷南枝可插更須頻剪莫直待西樓數聲羌管

漁家傲

雪裏已知春信至寒梅點綴瓊枝膩香臉半開嬌旖旎當庭際玉人浴出新妝洗　造化可能偏有意故教明月玲瓏地共賞

金尊沈綠蟻莫辭醉此花不與羣花比

臨江仙（貞羣案梅苑作曾夫人子宣妻詞瘦芳作損芳濃香作濃香開盡作吹盡花時作花肥）

庭院深深深幾許雲窗霧閣春遲為誰憔悴瘦芳姿夜來清夢好應是發南枝　玉瘦檀輕無限恨南樓羌管休吹濃香開盡有誰知暖風遲日也別到杏花時（此首亦疑有偽似借前臨江仙調檃擬為之者）

蝶戀花

永夜懨懨歡意少空夢長安認取長安道為報今年春色好花光月影宜相照　隨意杯盤雖草草酒美梅酸恰稱人懷抱醉裏插花花莫咲可憐春似人將老

玉樓春　紅梅（貞羣案梅苑無紅梅二字）

紅酥肯放瓊瑤碎探著南枝開遍未不知醞藉幾多時但見包

藏無限意　道人憔悴春窗底悶拍闌干愁不倚要來小看便來休未必明朝風不起梅苑瓊瑤作瓊苞多時作多香閒拍作悶損小看作小酌

永遇樂

落日鎔金暮雲合璧人在何處染柳烟濃吹梅笛怨春意知幾許元宵佳節融和天氣次第豈無風雨來相召香車寶馬謝它酒朋詩侶　中州盛日閨門多暇記得偏重三五鋪翠冠兒撚金雪柳簇帶爭濟楚如今憔悴風鬟霧鬢怕見夜間出去見別作向又作怕向花間重去不如向簾兒底下聽人咲語

補遺

易安詞刻輯於辛巳之春所據之書無多疏漏久知不免己丑夏日況夔笙舍人校刻斷腸詞因以此集屬為校補計得詞七首間有互見它人之作悉行刪入吉光片羽雖界在疑似亦足珍也半塘老人記

減字木蘭花 見汲古閣未刻本及花草粹編

賣花擔上買得一枝春欲放淚點染（別作輕）勻猶帶彤霞曉露痕

怕郎猜道奴面不如花面好雲鬢斜先徒要教郎比竝看

攤破浣溪紗 見汲古閣未刻本及花草粹編

揉破黃金萬點明（別作輕）翦成碧玉葉層層風度精神如彥輔太（別作大）鮮明　梅蘂重重何俗甚丁香千結苦麤生熏透愁人千里夢卻無情

瑞鷓鴣 雙銀杏 見花草粹編

風韻雍容未甚都尊前甘橘可爲奴誰憐流落江湖上玉骨氷肌未肯枯　誰教並蒂連枝摘醉後明皇倚太眞居士擘開眞有意要吟風味兩家新

如夢令 見詞統一作向豐之　貞羣案夏秉衡清綺軒詞選作向鎬

誰伴明窗獨坐我共 清綺軒詞選作和 影兒兩箇燈盡欲瞑 詞選作眠 時影也把人拋躲無那無那好箇悽惶的我

菩薩蠻 見詞統一作牛嶠

綠雲鬢上飛金雀愁眉翠斂春煙薄香閣揜夫容畫屏山幾重　窗寒天欲曙猶結同心苣啼粉污羅衣問郎何日歸

品令 見汲古閣未刻本及花草粹編一作曾公袞

零落殘紅恰渾 別無恰渾二字 似燕脂 別脂下有顏字 色一季春事柳飛輕絮

筍添新竹寂寞幽閨坐別無閨坐二字對小園嫩綠　登臨未足悵游子歸期促它年魂夢別作夢魂千里猶到城陰溪曲應有淩波時為故人留別作凝目

玉燭新　見梅苑一作周美成

溪源新臘後見幾朶江梅裁翦別作翦裁初就暈酥砌別作破玉芳英嫩故把春心輕漏前村昨夜想弄月黃昏時候孤岸峭疏影橫斜濃香暗沾襟袂　尊前賦與多才問別作向嶺外風光故人知否壽陽謾鬬終不似照水一枝清瘦風嬌雨秀好別本好下有亂字插鬢華盈首須信道羌遂別作莞無情看看又奏　梅苑岸峭作岸悄

案毛鈔本尚有鷓鴣天枝上流鶯一闋青玉案一季春事一闋注云艸堂作少游永叔而秦歐集無今案此二闋別本無作李詞者當是秦歐之作且膾炙人口故未坿錄

右易安居士漱玉詞一卷按此詞雖見於宋史藝文志直齋書錄解題世已久無傳本古虞毛氏刻之唐宋婦人集者僅詞十七首四庫所收即是本也此刻以宋曾端伯樂府雅詞所錄二十三首為主復蒐掇宋人選本說部又得二十七首都為一集而以俞理初孝廉易安居士事輯坿焉易安晚節世多訾議甚至目其詞為不祥得理初作發潛闡幽并是集亦為增重獨是聞見無多掇羅恐尚未備然即此五十首中假托汙衊之作亦已屢見昔端伯錄六一翁詞凡屬偽造者皆從刊削為六一存真此則金沙雜揉使人自得於披揀之下固理初之心亦猶之端伯之心云光緒辛巳燕九日臨桂王鵬運誌于都門半截胡同寓齋

乙丑仲冬向九叔君木先生假得四印齋刻本漱玉詞校之前手寫本增出二十四首爲補錄之且編其目於首以存王本次弟馮貞羣識

李易安詩

宋詩紀事本

上樞密韓公工部尚書胡公并序

紹興癸丑五月兩公使金通兩宮也易安父祖出韓公門下見此大號令不能忘言作詩各一章以寄意以待采詩者云

三年夏六月天子視朝久凝旒望南雲垂衣思北狩如聞帝若曰岳牧與羣后賢寧無半千運已過陽九勿勤燕然銘勿種金城柳豈無純孝臣識此霜露悲何必羹捨肉便可車載脂土地非所惜玉帛如塵泥誰當可將命幣厚辭益卑四岳僉曰俞臣下帝所知中朝第一人春官有昌黎身為百夫特行足萬人師嘉祐與建中為政有臯夔漢家畏王商唐室尊子儀是時已破膽將命公所宜公拜手稽首受命白玉墀曰臣敢辭難此亦何

李易安詞拾補　梅苑本

孤鴈兒并序

世人作梅詞下筆便俗予試作一篇乃知前言不妄耳

藤牀紙帳朝眠起說不盡無佳思沈香斷續玉鑪寒伴我情懷如水笛聲三弄梅心驚破多少春情意　小風疎雨蕭蕭地又催下千行淚吹簫人去玉樓空腸斷與誰同倚一枝折得人間天上沒箇人堪寄貞羣案王本漱玉詞目作御街行無序故重錄之

沁園春

山驛蕭疎水亭清楚仙姿太幽望一枝穎脫寒流林外為傳春信風定香浮斷送光陰還同昨夜葉落從知天下秋憑闌處對冰肌玉骨姑射來遊　無端品笛悠悠似怨感長門人淚流奈

微酸已寄青青杪助當年太液調鼎和羹樵嶺漁橋依稀精彩

又何藉紛紛俗士求孤標在想繁紅鬧紫應與包羞

真珠髻　紅梅

重重山外苒苒流光又是殘冬時節小園幽徑池邊樓畔翠木

嫩條春別纖蘂輕苞粉萼染猩猩鮮血乍幾日好景和風次第

一齊催發　天然香艷殊絶比雙成皎皎倍增芳潔去年因遇

東歸使指遠恨意曾攀折豈謂浮雲終不放滿枝明月但歎息

時飲金鍾更遶叢叢繁雪

遠朝歸

金谷先春見乍開江梅晶明玉膩珠簾院落人静雨踈煙細横

斜帶月又別是一般風味金尊裏任遺英亂點殘粉低墜　惆

悵杜隴當年念水遠天長故人難寄山城倦眼無緒更看桃李
當時醉魄算依舊裹回花底斜陽外謾回首畫樓十二

又

新律纔交早舊梢南枝朱污粉膩煙籠淡妝恰值雨膏雨初細
而今看了記他日酸甜滋味多應是伴玉簪鳳釵低揾斜墜
逓邇對酒當歌眷戀得芳心竟日何際春光付與尤是見欺桃
李叮嚀寄語且莫負尊前花底捹沈醉儘銅壺漏傳三二

擊梧桐

雪葉紅凋煙林翠減獨有寒梅難竝瑞雪香肌碎玉奇姿迥得
佳人風韻清標暗折芳心又是輕洩江南春信最好山前水畔
幽閑自有横斜踈影　盡日凭闌尋思無語可惜飄瓊飛粉但

悵望王孫未賞空使清香成陣怎得移根帝苑開時不許衆芳近免教向深巖暗谷結成千萬恨

泛蘭舟

霜月亭亭時節野溪開冰灼故人信付江南歸也仗誰托寒影低橫輕香暗度疎籬幽院何在秦樓朱閣稱簾幙　攜酒共看依依承醉更堪作雅淡一種天然如雪綴煙薄腸斷相逢手撚嫩枝追思渾似那人淺妝梳掠

十月梅

千林凋盡一陽未報已綻南枝獨對霜天冒寒先占花期清香映月浮動臨淺水疎影斜欹孤標不似繚李夭桃取次成蹊縱壽陽妝臉偏宜應未笑天然雅態冰肌寄語高樓凭欄羌管

休吹東君自是爲主調鼎鼐終付他時從今點綴百草千花須待春歸案此後有滿庭霜玉燭新玉樓春三首均見王本漱玉詞不錄

玉樓春 蠟梅

臘前先報東君信清如似龍涎香得潤黄輕不肯整齊開比着紅梅仍舊韻 纖枝瘦綠天生嫩可惜輕寒摧挫損劉郎只解悞桃花悵恨今年春又盡

小桃紅 今見珠玉詞

後園春早殘臘朦煙草數樹寒梅欲綻香英小妹無端折盡釵頭朶滿把金尊細細傾 憶得往年同伴沈吟無限情 惱東風莫便吹零落惜取芳菲眼下明

搗練子

欺萬木怯寒時倚欄初認月宮姬拭新妝披素衣孤標韻暗香奇冰容玉豔綴瓊枝借陽和天付伊

喜團圓

輕攢碎玉玲瓏竹外脱去繁華㶁東君先點破壓群花　瘦影生香黄昏月館清淺溪沙仙標淡竚偏宜幺鳳肯帶棲鴉案此後有

漁家傲清平樂二首均見王本漱玉詞

清平樂

寒溪過雪梅蘂春前發照影弄姿香苒苒臨水一枝風月　夢遊髣髴仙鄉綠窗曾見幽芳事往無人共説愁聞玉笛聲長

春光好

看看臘盡春回消息到江南早梅昨夜前村深雪裏一朶花開

盈盈玉蘂如裁更風細清香暗來空使行人腸欲斷駐馬爽回

案後有殢人嬌一首見王本漱玉詞

二色宫桃

縷玉香苞酥點萼正萬木園林蕭索惟有一枝雪裏開江南有信憑誰托　前年記賞登高閣歎年來舊歡如昨聽取樂天一句云花開處且須行樂

河傳

香苞素質天賦與傾城標格應是曉來暗傳東君消息把孤芳回暖律　壽陽粉面增妝飾説與高樓休更吹羌笛花下醉賞留取時倚闌干鬭清香添酒力

七孃子

清香浮動到黄昏向水邊疎影梅開盡溪邊畔清蘂有如淺杏
一枝喜得東君信　風吹只怕霜侵損更新來插向多情鬢壽
陽妝鑑雪肌玉瑩嶺頭別微添粉

憶少年

疎疎整整斜斜淡淡盈盈脈脈徒憐暗香句笑梨花顏色　羈
馬蕭蕭行又急空回首水寒沙白天涯倦牢落忍一聲羌笛

易安居士事輯

俞正燮

易安居士李清照宋濟南人父格非母王狀元拱辰孫女皆工文章宋史文苑傳居歷城城西南之柳絮泉上古懽堂集有柳絮泉訪李易安故宅詩據齊乘柳絮泉在金線泉東易安幼有才藻元符二年年十八適太學生諸城趙明誠明誠父挺之時為吏部侍郎格非為禮部員外郎俱宋史明誠幼夢誦一書曰言與司合安上已脫芝芙草拔挺之曰此離合字詞女之夫也結縭未久明誠出遊易安意殊不忍別書一剪梅詞於錦帕送之曰紅藕香殘玉簟秋輕解羅裳獨上蘭舟雲中誰寄錦書來雁字迴時月滿樓花自飄零水自流一種相思兩處閒愁此情無計可消除才下眉頭却上心頭嫏嬛記草堂詩餘俱如此詩餘圖譜前段秋字句輕解羅裳作一句月滿下有西字易安有小令云昨夜風疏雨

驟濃睡不消残酒試問卷簾人却道海棠依舊知否知否應是綠肥紅瘦苕溪漁隱叢話壺中天慢云寵柳嬌花寒食近種種惱人天氣黃暘評其秋詞聲聲慢云守定窗兒獨自怎生得黑黑字真不許第二人押也詞云尋尋覓覓冷冷清清悽悽慘慘戚戚一下十四疊字後又云梧桐更兼細雨到黃昏點點滴滴貴耳集云是晚年作非也又嘗以重陽醉花陰詞函致明誠明誠思勝之一切謝客廢寢忘食者三日夜得五十餘闋雜易安作以示友人陸德夫德夫玩誦再三曰有三句乃絶佳明誠詰之曰莫道不消魂簾卷西風人比黃花瘦政易安作也易安之論曰唐開元天寶間李八郎者能歌擅天下時新及第進士開宴曲江榜中一名士先召李使易服隱姓名衣冠故敝精神慘沮與之宴所曰表弟願

與坐末衆皆不顧既酒行樂作歌者進以曹元念謙為冠歌罷衆皆嗟咨稱賞名士忽指李曰請表弟歌衆皆哂或有怒者及轉喉發聲歌一曲衆皆泣下起曰此必李八郎也自後鄭衛聲熾流靡煩變有菩薩蠻春光好莎雞子更漏子浣溪沙夢江南漁父等詞不可徧舉五代時江南李氏獨尚文雅有小樓吹徹玉笙寒之句及吹皺一池春水語雖甚奇所謂亡國之音哀以思也本朝柳屯田永變舊聲作新聲出樂章集大得聲稱於世雖協音律而詞語塵下又有張子野宋子京兄弟沈唐元絳晁次膺輩繼出雖時時有妙語而破碎何足名家至晏丞相歐陽永叔蘇子瞻學際天人作為小歌詞直如酌蠡水於大海然皆句讀不葺之詩耳又往往不協音律蓋詩文分平側而歌詞分

五音又分六律又分清濁輕重且如近世所謂聲聲慢雨中花喜遷鶯既押平聲又押入聲玉樓春平聲又押上去聲又押入聲其本押側韻者如本上聲協押入聲則不可通矣謂本平可通側不拘上去入若本側則上去入不可相通王介甫曾子固文章似西漢若作小歌詞則人必絶倒不可讀也乃知詞別是一家知之者少後晏叔原賀方回黄魯直出始能知之而晏苦無鋪叙賀苦少典重秦少游專主情致而少故實譬如貧家美女雖極妍麗丰逸而終乏富貴態黄即尚故實而多疵病譬如良玉有瑕價自減半矣以上皆漁隱叢話

易安譏彈前輩既中其病老學庵筆記而詞日益工李趙宦族然素貧儉每朔望明誠太學謁告出質衣取半千錢步入相國寺市碑文果實歸夫妻相對展玩咀嚼嘗自謂葛天氏之民也

後二年明誠出仕宦挺之為宰相居政府親舊在館閣者多有亡詩逸史汲冢魯壁所未見之書盡力傳寫或古今名人書畫三代奇器質衣物市之崇寧時有人持徐熙牡丹圖求錢二十萬留信宿計無所出卷還之夫婦相對惋悵者數日（金石錄後序）挺之在徽宗時易安進詩曰炙手可熱心可寒挺之排元祐黨人甚力格非以黨籍罷易安上詩挺之曰何況人間父子情讀者哀之（郡齋讀書記）嘗和張文潛浯溪中興頌碑詩曰五十年功如電埽華清花柳咸陽草五坊供奉鬥雞兒酒肉堆中不知老胡兵忽自天上來逆胡亦自姦雄才勤政樓前走胡馬珠翠蹋盡香塵埃六師出戰輒披靡前致荔支馬多死堯功舜德誠如天安用區區紀文字著碑刻銘真陋哉乃令神鬼磨山崖子儀光弼

不自猜天心悔禍人心開夏為殷鑑當深戒簡策汗青今具在君不見當時張説最多機雖生已被姚崇賣又和曰君不見驚人廢興唐天寶中興碑上今生草不知負國有姦雄但説成功尊國老誰令妃子天上來虢秦韓國皆仙才苑中羯鼓玉方響春風不敢生塵埃姓名誰復知安史健兒猛將安眠死去天尺五抱甕峰峰頭鑿出開元字時移勢去真可哀姦人心魄深如崖西蜀萬里尚能返南內一閑何時開可憐孝德如天大反使將軍稱好在嗚呼奴輩胡不能道輔國用事張后專祇能道春薺長安作斤賣清波雜志寒夜錄春薺長安作斤賣乃高力士詩易安自少年兼有詩名才力華贍逼近前輩碧雞漫志傳誦者詩情如夜鵲三繞未能安少陵也是可憐人更待明年試春草詩話風月堂世又傳兩漢本繼

紹新室如贅疣所以嵇中散至死薄殷周以為佳境朱子游藝論引評

又春殘詩云春殘何事苦思鄉病裏梳頭恨髮長梁燕語多終日在薔薇風細一簾香彤管遺編

明誠後屏居鄉里十年衣食有餘及起知青萊二州皆政簡日事鉛槧易安與共校勘作金石錄考證精鑿多足正史書之失每獲一書即校勘整集籤題得書畫彝鼎摩玩舒卷指摘疵病夜盡一燭為率所藏紙札精緻字畫完整冠諸收書家易安性強記每飯罷與明誠坐歸來堂烹茶指堆積書史言某事在某書幾卷幾葉幾行以中否決勝負為飲茶先後中即舉杯往往大笑茶傾覆懷中反不得飲而起其收藏既富歸來堂起書庫大櫥簿甲乙置書冊當講讀即請鑰上簿關出卷帙或少損汙必懲責揩完塗改又置副本便繙

討書史百家字不刓本不誤謬者常兼三四本皆精絕家傳周易左氏春秋兩家文籍尤備几案羅列枕藉意會心謀目注神授樂在聲色狗馬之上靖康二年春金石錄後序作建炎丁未是年五月始為建炎今改之明誠奔母喪於金陵金石錄後序作建康其名建炎三年始改今從其初半棄所藏其年十二月金人陷青州火其書十餘屋建炎二年明誠起復知江寧府以上皆金石錄後序後序亦作建康蓋追稱之今改易安自南渡以後常懷京洛舊事元宵賦永遇樂詞曰落日鎔金暮雲合璧又曰染柳煙輕吹梅笛怨春意知幾許後疊曰於今憔悴風鬟霜鬢怕向花間重去貴耳集在江寧日每值天大雪即頂笠披蓑循城遠覽得句必邀賡和明誠每苦之清波雜志三年明誠罷將家於贛水金石錄後序四月高宗如江寧五月改為建康府宋史紀後序云至行在又言葬事故依史實

其地詔明誠知湖州明誠赴行在感暑痁發易安自明誠赴召時暫住池陽得病信解纜急東下至建康病已危八月明誠卒金石錄後序易安為文祭之有曰白日正中歎龐公之機敏堅城自墮憐杞婦之悲深四六談麈祭文唐人俱用駢體官祭文亦不用韻也閏八月高宗如臨安宋史紀易安既葬明誠乃遣送書籍於洪州易安欲往洪初學士張飛卿者於明誠至行在時以玉壺示明誠語久之仍攜壺去時建康置防秋安撫使擾攘之際或疑其饋璧北朝也言者列以上聞或言趙張皆當置獄易安方大病僅存喘息欲往洪不能聞玉壺事大懼金石錄後序十一月盡以其家所有赴越州行在投進而高宗已奔明州宋史金石錄後序時中書舍人綦崇禮左右之宋史按雲麓漫鈔云徽猷閣直學士沈該翰苑題名壁記云綦崇禮建炎四年五月

以吏部侍郎兼權直院十月除徽猷閣直學士知漳州則學士在明年十月且啓云內翰承旨故從宋史本傳稱中書舍人事解清照以與綦舊親情作啓謝之曰清照素習義方麤明詩禮近因疾病欲至膏肓牛蟻不分灰釘已具豈期末事乃得上聞取自宸衷付之廷尉序欲投進家器曰抵雀捐金利當安往將頭碎璧失固可知實自繆愚分知獄市序綦為解釋曰內翰承旨搢紳望族冠蓋清流日下無雙人間第一奉天收復本緣陸贄之詞淮蔡底平共傳昌黎之筆哀憐無告義同解驂越石父事戴感洪恩事真出己知瑩事故茲白首得免丹書序頌金事無形迹曰雖南山之竹豈能窮多口之談惟智者之言可以止無根之謗據雲麓漫鈔綦字叔一作存厚高密人也宋史十二月金人破洪州易安所寄輜重盡失遂往台州依其弟敕局刪定官李迒泛海由

章安輾轉至越州四年放散百官遂偕迄至衢金石錄後序時綦崇禮以徽猷閣直學士知漳州翰苑題名壁記建炎以來繫年要錄紹興元年易安之越二年之杭年五十有一矣作金石錄後序曰右金石錄三十卷趙侯德甫所著書也取上自三代下迄五季鐘鼎甗鬲盤匜尊敦之款識豐碑大碣顯人晦士之事迹凡見於金石刻者二千卷皆是正譌謬去取褒貶上足以合聖人之道下足以訂史氏之失者皆載之可謂多矣嗚呼自王播元載之禍書畫與胡椒無異長輿元凱之病錢癖與傳癖何殊名雖不同其為惑則一也本書又自序遭離變故本末甚悉容齋四筆曰靖康丙午歲侯守淄川聞金人犯京師四顧茫然書畫溢箱篋且戀戀且悵悵知必不為已物矣建炎丁未春三月五月始為建炎此追溯之號奔太夫人

喪南來（謂江寧）既長物不能盡載乃先去書之重大印本者又去畫之多幅者又去古器之無款識者後又去書之有監板者畫之平常者器之重大者凡屢減去尚載書十五車至東海連艫渡淮至建康（亦追稱）時青州故第尚鎖書冊什物用屋十餘間期明年春具舟載之十二月金人陷青州遂為煨燼戊申九月侯起復知建康己酉三月罷具舟上蕪湖入姑孰將卜居於贛水上五月至池陽被旨知湖州過闕上殿（建康為行在）遂住家池陽獨赴召六月十三日負擔舍舟坐岸上葛衣岸巾精神如虎目光爛爛射人望舟中告別余意甚惡呼曰忽傳聞城中緩急奈何戟手遥應曰從衆必不得已先去輜重次衣服次書冊卷軸次古器獨所謂宗器者自抱負與身存亡勿忘也遂馳馬去途中

奔馳冒大暑感疾至行在病痁七月末書報卧病余驚怛念侯性素急柰何病痁或熱必服寒藥疾可憂遂解舟下一日夜行三百里比至果大服茈胡黄芩瘧且痢病危在膏肓余悲泣倉皇不忍問後事八月十八日遂不起取筆作詩絶筆而逝殊無分香賣履之態葬畢余無所之時朝廷已分遣六宮（宋史言七月隆祐太后如洪州宮人從之）又傳江當禁渡（宋史言閏八月杜充守建康韓世忠守鎮江劉光世守池州後光世移屯江州）猶有書二萬餘卷金石刻二千卷器皿裀褥可待百客他長物稱是余又大病僅存喘息事勢日迫念侯有妹壻任兵部侍郎從衛在洪州（從衛六宮）遂遣二故吏先部送行李往投之十二月金人陷洪州遂盡委棄獨余少輕小卷軸書帖寫本李杜韓柳集世説鹽鐵論漢唐石刻副本數十軸三代鼎彝十數事又唐

寫本書十數冊偶病中把玩在卧内者獨存上江既不可往又虜勢叵測有弟迒任敕局刪定官遂往依之到台台守已遁此建炎四年事之剡出睦棄衣被走黃巖雇舟入海奔行朝時駐蹕章安台州府治西南章安市謂舟次於此自此之温從御舟之温又之越庚戌四年十二月放散百官百官自便不麗從謂自郎官以下遂之衢以上建炎四年以前事紹興辛亥元年三月復赴越壬子二年又赴杭以上紹興二年事作後序年也此下復記建炎三年事先侯病亟時建炎三年八月有張飛卿學士攜玉壺過示侯復攜去其實珉也不知何人傳道妄言有頒金之語或言有密論列者余大惶怖不敢言亦不敢遂已盡將家中所有銅器等物欲赴外廷投進到越己幸四明建炎三年十一月不敢留家中並寫本書寄剡此建炎四年事後官軍收叛卒取去聞盡入李將軍家惟有書畫硯墨六七簏

常在臥榻下手自開合在會稽卜居土民鍾氏宅忽一夕穿壁負五簏去此紹興元年事余悲痛不欲活立重賞收贖後二日鄰人鍾復皓出十八軸求賞故知其盜不遠萬計求之其餘遂牢不可出今盡為吳說運使賤價得之所餘一二殘零不成部帙書冊三數種平平書帖猶復愛惜如護頭目何愚也耶今開此書如見故人因憶侯在東萊靜治堂裝卷初就芸籤縹帶束十卷作一帙每日晚吏散輒校勘二卷題跋一卷此二千卷有題跋者五百二卷耳今手澤如新而墓木已拱悲夫昔蕭繹江陵陷沒不惜國亡而毀裂書畫楊廣江都傾覆不悲身死而復取圖書豈以性之所著生死不能忘歟或者天意以其菲薄不足以享此尤物耶抑死者有知猶斤斤愛惜不宜留人間耶何得之難

而失之易也噫余自少陸機作賦之二年至過蘧瑗知非之兩歲三十四年之間憂患得失何其多也然有有必有無有得必有失乃理之常人亡弓人得之又何足道所以區區記此者亦欲為後世博雅好古者之戒云爾紹興二年玄黓歲壯月甲寅朔易安室題

本書三年行都端午易安親聯有為內夫人者代進帖子皇帝閣曰日月堯天大璇璣舜曆長側聞行殿帳多集上書囊皇后閤曰意帖初宜夏金駒已過蠶至尊千萬壽行見百斯男（意帖用上官昭容事）夫人閤曰三宮催解糭團箭綵絲縈便面天題字歌頭御賜名（團箭用唐開元內宮小角弓射欆事）於是翰林止金帛之賜（浩然齋雅談）咸以為由易安也時直翰林者秦楚材忌之五月命簽（應作僉押也諸書皆從竹）書樞密院事韓肖胄（字似夫）工部尚書胡松年（字茂老海州懷仁人）

二人以七月行充奉表通問使副使使金通兩宮也劉時舉續通鑑又案宋朝事實其事在七月其後八年十二月韓又使金易安上韓詩曰三年夏六月天子視朝久凝旒望南雲垂衣思北狩如聞帝若曰岳牧與羣后賢寧違半千運已過陽九勿勒燕然銘勿種金城柳豈無純孝臣識此霜雪悲何必舍羮肉便可載車脂土地非所惜玉帛亦塵泥誰可當將命幣重辭益卑四岳僉曰俞臣下帝所知中朝第一人春官有昌黎身為百夫特行為萬人師嘉祐與建中為政有臯夔漢家貴王商唐室重子儀見時應破膽將命公所宜肖胄韓琦曾孫公拜手稽首受命白玉墀曰臣敢辭難此亦何等時家人安足謀妻子不復辭顧奉宗廟靈願奉天地威徑持紫泥詔直入黃龍城北人懷舊德侍子當來迎聖孝定能達勿復言請纓倘持白

馬血與結天日盟上胡詩曰胡公清德人所難謀同德協置器安解衣已道漢恩煖離詩不怯關山寒皇天久陰后土溼雨勢未迴風勢急車聲轔轔馬蕭蕭壯士愞夫俱感泣閭閻嫠婦亦何知瀝血投詩干記室葵丘莒父非荒城勿輕談士棄儒生憤王墓下馬猶倚史言項羽葬魯在今穀城寒號城邊雞未鳴水經注韓侯城在金地巧匠亦曾顧樗櫟芻蕘之詢或有益不乞隨珠與和璧但乞鄉關新信息靈光雖在應蕭條草中翁仲今何若遺民定尚種桑麻敗將如聞保城郭嫠家祖父生齊魯位下名高人比數當年稷下縱談時猶記人揮汗如雨子孫南渡今幾年漂零遂與流人伍願將血淚寄河山去灑青州一抔土其序云以上二公亦欲以俟採詩者雲麓漫鈔易安又有句云南來猶怯吳江冷北狩應知

易水寒又云南渡衣冠思王導北來消息少劉琨（漁隱叢話　詩説雋永）忠憤激發意悲語明所非刺者衆又爲詩詔應舉進士曰露花倒影柳三變桂子飄香張九成（老學庵筆記　九成紹興二年進士）應舉者服其工對傳誦而惡之其感懷詩曰寒窗敗几無書史公路生平竟至此青州從事孔方兄終日紛紛喜生事作詩謝絶聊閉門虛室香生有佳思靜中吾乃見真吾烏有先生子虛子（彤管遺編　此詩上去兩押所謂詩止分平側）四年避亂西上過嚴子陵釣臺有巨艦因利扁舟爲名之歎（打馬圖釣臺集　或以其二十字韻語爲惡詩蓋口占聊成之非詩也不復錄）至金華卜居焉（打馬圖）有曉夢詩曰曉夢隨疎鐘飄然躡雲霞因緣安期生邂逅萼綠華秋風正無賴吹盡玉井花共看藕如船同食棗如瓜翩翩垂髮女貌妍語亦佳嘲辭鬥詭辨活火烹新茶雖乏上元術

遊樂亦莫涯人生能如此何必歸故家起來斂衣坐掩耳厭喧譁心知不可見念念猶咨嗟彤管遺編詩秀朗有仙骨也又作打馬圖曰慧則通通則無所不達專則精精則無所不妙故庖丁解牛郢人運斤師曠之聽離婁之察大至堯舜之仁桀紂之惡小至擲豆起蠅巾角拂棋皆臻其極者妙而已夫博無他爭先術耳故專者勝余性專博凡所謂博者皆耽之南渡流離盡散博具今年冬十月朔聞淮上警報江浙之人自東走西自南走北居山林者謀入城市居城市者謀入山林旁午絡繹莫知所之余亦自臨安泝流過嚴灘抵金華卜居陳氏第乍釋舟楫而見窗軒意頗適然更長燭明如此良夜何於是乎博奕之事講矣且長行葉子博塞彈棋世無傳者打褐大小豬窩族鬼胡畫數

倉賭快之類皆鄙俚不經見藏酒摴蒲雙𩰚融近漸廢絕選仙加減插關大質魯任命無所施智巧大小象戲弈棋又止容二人獨采選打馬特為閨房雅戲嘗恨采遝叢煩勞於檢閲又能通者少難遇勁敵打馬簡要而苦無文采按打馬世有二種一種一將十馬者謂之關西馬一種無將二十馬者謂之依經馬流傳既久各有圖經凡例可考行移賞罰互有同異宣和間人取二種馬參雜加減大約交加僥倖古意盡矣所謂宣和馬者是也余獨愛依經法因取其賞罰互度每事作數語隨事附見使兒輩圖之不獨施之博徒亦足貽諸好事使千百世後知命辭打馬始自易安居士也時紹興四年十有二月二十四日其打馬賦曰歲令聿徂盧或可呼千金一擲百萬十都尊俎列陳

已行揖讓之禮主賓言洽不有博奕者乎打馬爰興摴蒱者退實小道之上流競深閨之雅戲齊驅驥騄疑穆王萬里之行別起玄黃類楊氏五家之隊珊珊佩響方驚玉鐙之敲落落星羅忽訝連錢之碎若乃吳江楓落燕山葉飛玉門關閉沙苑草肥臨波不渡似惜幛泥或出入騰驤猛比昆陽之戰或從容磬控正如涿鹿之師或聞望久高脫復庾郎之失或聲名素昧倏驚癡叔之奇亦有緩緩而歸昂昂而駐烏道驚馳蟻封安步崎嶇峻坂慨想王良跼促鹽車忽逢造父且夫丘陵云遠白雲在天心無戀豆志在著鞭蹴蹄黃葉畫道金錢用五十六采之間行九十一路之內明以賞罰覈其殿最運指揮於方寸之中決勝負以幾微之介且好勝人之常情爭籌者道之末技說梅止渴

稍蘇奔競之心畫餅充飢亦寓蹿騰之志將求遠效故臨難而不迴留報厚恩或相機而豫退亦有銜枚緩進已踰關塞之艱豈致奮足爭先莫悟穽塹之墜至於不習軍行必占尤悔當知範我之馳驅勿忘君子之箴佩況乃爲之賢已事實見於正經行以无疆義必合乎天德牝乃叶地類之貞反亦記魯姬之式鑑髻墮於梁家溯遊循於岐國故宜繞牀大叫五木皆盧瀝酒一呼六子盡赤平生不負遂成劍閣之勳別墅未輸決破淮淝之賊今日豈無元子明時不乏安石又何必陶長沙博局之投正當師袁彦道布帽之擲也亂曰佛貍定見卯年死是歲甲寅貴賤紛紛尚流徙滿眼驊騮及騄耳時危安得真致此木蘭横戈好女子老矣不復志千里但願相將過淮水本書時易安年五十三

矣居金華有武陵春詞曰風住塵香花已盡日晚倦梳頭物是人非事事休欲語淚先流聞說雙溪春尚好也擬泛輕舟只恐雙溪舴艋舟載不動許多愁流寓有故鄉之思水東日記云玩其詞意作於序金石錄之後其事非閨閣文筆自記者莫能知或曰依弟迒老於金華後人集其所著為文七卷詞六卷行於世宋史藝文志其金石錄後序稿在王厚之順伯家洪邁見之為述其大概容齋四筆朱文公言本朝婦人能文章者曾相布妻魏及李易安二人而已詞綜後有人於閩漢口鋪見女子韓玉文題壁詩序幼在錢塘師事易安彤管遺編易安能詩詞文四六又能畫明人陳傅良藏有易安畫琵琶行圖宋濂學士集莫廷韓買得易安畫墨竹一幅太平清話張居正在政府日見部吏鍾姓浙音者問曰汝會稽人耶曰然居正色變

久之吏曰新自湖廣遷往耳然卒黜之玉茗瑣談　文忠蓋以鍾復皓故時不悉其意以為乖暴而其時無學者不堪易安譏請改易安與綦學士啟以張飛卿為張汝舟以玉壺為玉臺謂官文書使易安嫁汝舟後結訟又詔離之有文案詳趙彥衛雲麓漫鈔胡仔苕溪漁隱叢話李心傳建炎以來繫年要錄　宋方擾離不糾言妖也

述曰宋史李格非傳云女清照詩文尤有稱於時嫁趙挺之之子明誠自號易安居士無他說也藝文志有易安詞六卷通考經籍考引直齋書錄解題止漱玉集一卷解題云別本分五卷詞今存書錄打馬賦一卷解題云用二十馬今世打馬大約與摴蒲相類藝文志言文集七卷明焦竑國史經籍志云十二卷則并詞五卷惜其文未見嫏嬛記四六談麈宋文粹拾遺並載

易安賀學生啟云無午未二時之分有伯仲兩楷之似既繫臂而繫足實難弟而難兄玉刻雙璋錦挑對褓注言任文二子學生德卿生於午道卿生於未張伯楷仲楷兄弟相似形狀無二白仮兄弟毋不能辨以五色采繩一繫於臂一繫於足其用事明當如此讀雲麓漫抄所載謝綦崇禮啟文筆劣下中雜有佳語定是竄改本又夫婦訐訟必自證之啟何以云無根之謗余素惡易安改嫁張汝舟之說雅雨堂刻金石錄序以情度易安不當有此事及見李心傳建炎以來繫年要錄采鄙惡小說比其事為文案尤惡之後讀齊東野語論韓忠繆事云李心傳在蜀去天萬里輕信記載疎舛固宜又謝枋得集亦言繫年要錄為辛棄疾造韓侂胄壽詞則所言易安文案謝啟事可知是非

天下之公非望易安以不嫁也不甘小人言語使才人下配駔儈故以年分考之凡詩文見類部小說詩話者考合排次至紹興四年易安年五十三又紹興十一年五月十三日綦崇禮壻陽夏謝伋寓家台州自序四六談麈時易安年已六十伋稱為趙令人李若崇禮為處張汝舟婚事伋親其壻不容不知又下至淳祐元年時及百年張端義作貴耳集亦稱易安居士趙明誠妻易安為嫠行迹章章可據趙彥衞胡仔李心傳等不明是非至後人貌為正論碧雞漫志謂易安詞於婦人中為最無顧藉水東日記謂易安詞為不祥之具此何異謂直不疑盜嫂亂倫狄仁傑謀反當誅滅也且啟言牛蟻不分灰釘已具弟既可欺持官文書來輒信身幾欲死非玉鏡架亦安知呻吟未定強

以同歸猥以桑榆之末影配茲駔儈之下才易安老命婦也何以改嫁復與官告又言視聽才分實難共處惟求脫去決欲殺之遂肆欺凌日加毆擊豈期末事乃得上聞取自宸衷付之廷尉是又閨房鄙論竟達闕廷帝察隱私詔之離異夫南渡倉皇海山奔竄乃舟車戎馬相接之時為一駔儈之婦從容再降玉音宋之不君未應若此審視金石錄後序始知頒金事白綦有湔洗之力小人改易安謝啟以飛卿玉壺為汝舟玉臺用輕薄之詞作善謔之報而不悟牽連君父誣衊廟堂則小人之不善於立言也劉時舉續通鑑云紹興四年八月趙鼎疏言草澤行伍求張浚不遂者人人投牒醜詆及其母妻四朝聞見錄有劾朱文公閨閫中穢事疏及朱謝罪表蓋其時風氣如此齊東野

語又云黄尚書由妻胡夫人惠齋居士時人比之易安嘗指摘趙師羃放生池文誤惠齋已卒趙爲臨安府誘其逃婢證惠齋前與棋客鄭日新通遂黥配日新而尚書以帷薄不修罷援白獺髓云師羃初居吳郡及尹天府日延喬木爲門客喬教師羃子希蒼制古禮器於家釋菜黄尚書欲發遣之師羃乃毁器而逐喬是師羃與由以黥配門客相報又值惠齋有摘文之事乃並誣惠齋其事與易安同夫小人何足深責吾獨惜易安與惠齋以美秀之才好論文以中人忌也易安打馬圖言使兒輩圖之合之上胡尚書詩葢易安無所出兒輩乃格非子孫故其事散落今於詞之經批隙及好事傳述者亦輯之於事實有益可備好古明理者觀覽其僅見漱玉集者此不載也

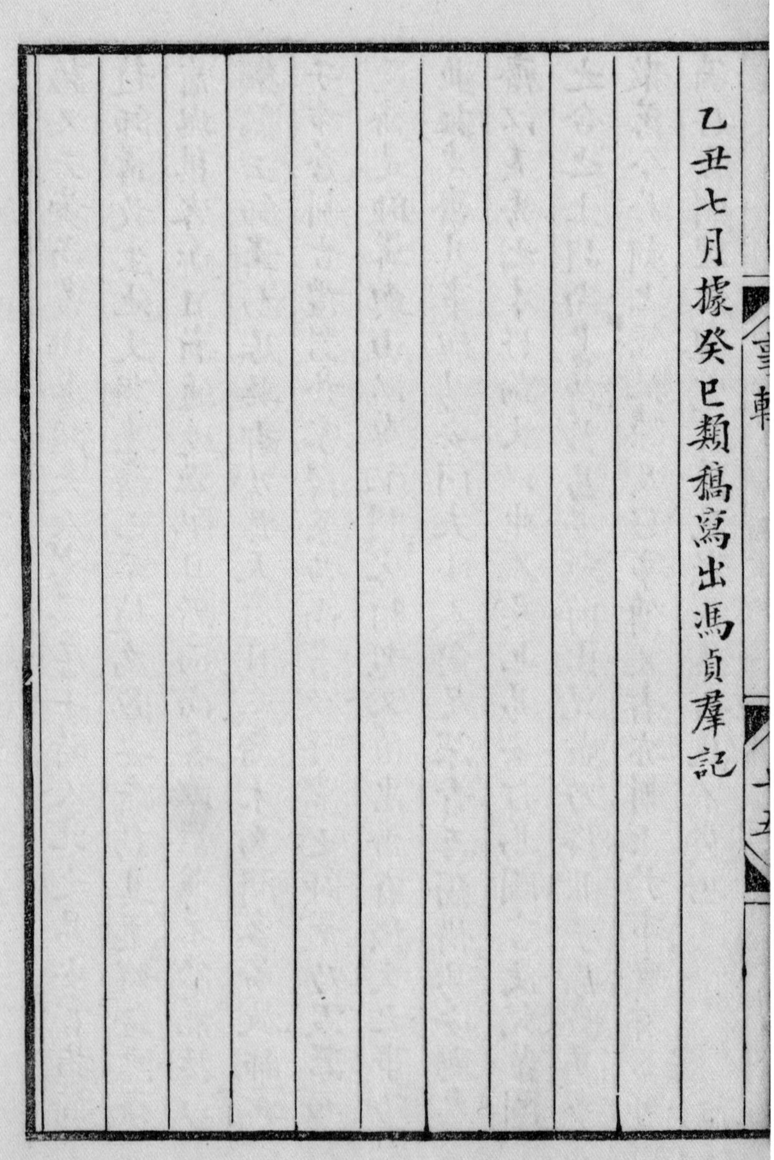

乙丑七月據癸巳類稿寫出馮貞羣記

花草粹編

朗陵外方陳耀文晦伯甫纂

如夢令

常記溪亭日暮沉醉不知歸路興盡晚回舟誤入芙蕖深處爭渡爭渡驚起一灘鷗鷺

二

昨夜雨踈風驟濃睡不消殘酒試問卷簾人却道海棠依舊知否知否應是綠肥紅瘦

點絳唇 閨思

寂寞深閨柔腸一寸愁千縷惜春春去幾點催花雨 倚遍闌干祇是無情緒人何處連天衰草望斷歸來路

浣溪沙

小院閑窗春色深重簾未捲影沉沉倚樓無語理瑤琴　遠岫
出山催薄暮細風吹雨弄輕陰梨花欲謝恐難禁

二

淡蕩春光寒食天玉鑪沉水裊殘烟夢迴山枕隱花鈿　海鷰
未來人鬭草江梅已過柳生綿黃昏疎雨濕秋千

閨情

髻子傷春慵更梳晚風庭院落梅初淡雲來往月疎疎　玉鴨
薰爐閑瑞腦朱櫻斗帳掩流蘇遺犀還解辟寒無

減字木蘭花

賣花擔上買得一枝春欲放淚染輕勻猶帶彤霞曉露痕　怕

二

郎猜道奴面不如花面好雲鬢斜簪徒要教郎比並看

採桑子芭蕉　添字

窗前誰種芭蕉樹陰滿中庭陰滿中庭葉葉心心舒卷有餘情
傷心枕上三更雨點滴霖霪點滴霖霪愁損北人不慣起來聽

菩薩蠻

風柔日薄春猶早夾衫乍着心情好睡起覺微寒梅花鬢上殘
故鄉何處是忘了除非醉沉水卧時燒香消酒未消

二

歸鴻聲斷殘雲碧背窗雪落爐烟直燭底鳳釵明釵頭人勝輕
角聲催曉漏曙色回牛斗春意看花難西風留舊寒

訴衷情 枕畔聞殘梅噴香

夜來沉醉卸粧遲梅萼插殘枝酒醒薰破春睡夢斷不成歸
人悄悄月依依翠簾垂更挼殘蕊再撚餘香更得此時

好事近

風定落花深簾外擁紅堆雪長記海棠開後正是傷春時節
酒闌歌罷玉樽空青紅暗明滅魂夢不堪幽怨更一聲啼鴂

清平樂

年年雪裏常插梅花醉挼盡梅花無好意贏得滿衣清淚　今
年海角天涯蕭蕭兩鬢生華看取晚來風勢故應難看梅花

山花子

揉破黃金萬點輕剪成碧玉葉層層風度精神如彥輔太鮮明

三

梅蕊重重何俗甚丁香千結苦麄生熏透愁人千里夢却無
情

二

病起蕭蕭兩鬢華卧看殘月上窗紗豆蔻連梢煎熟水莫分茶
枕上詩書閑處好門前風景雨來佳終日向人多蘊藉木犀
花

武陵春

風住塵香花已盡日落倦梳頭物是人非事事休欲語淚先流
聞說雙溪春尚好也擬泛輕舟只恐雙溪舴艋舟載不動許
多愁

醉花陰 九日

薄霧濃雲愁永晝瑞腦噴金獸時節又重陽寶枕紗幮半夜秋
初透　東籬把酒黃昏後有暗香盈袖莫道不銷魂簾捲西風
人似黃花瘦

南柯子

天上星河轉人間簾幕垂涼生枕簟淚痕滋起鮮羅衣聊問夜
何其　翠貼蓮蓬小金銷藕葉稀舊時天氣舊時衣只有情懷
不似舊家時

月照梨花春暮

夢斷漏悄愁濃酒惱寶枕生寒翠屏向曉門外誰掃殘紅夜來
風　玉簫聲斷人何處春又去忍把歸期負此情此恨此際擬
託行雲問東風

四

二

帝里春晚重門深院草綠堦前暮天鴈斷樓上遠信誰傳恨綿
綿多情自是多沾惹難拚捨又是寒食也鞦韆巷陌人靜皎
月初斜浸梨花

鷓鴣天

寒日蕭蕭上鎖窗梧桐應恨夜來霜酒闌更喜團茶苦夢斷偏
宜瑞腦香　秋已盡日猶長仲宣懷遠更淒涼不如隨分尊前
醉莫負東籬菊蕊黃

玉樓春　紅梅

紅酥肯放瓊瑤碎探着南枝開遍未不知醞藉幾多香但見包
藏無限意　道人憔悴春窗底悶損欄干愁不倚要來小看便

來休未必明朝風不起

瑞鷓鴣 雙銀杏

風韻雍容未甚都樽前甘橘可為奴誰憐流落江湖上玉骨冰
肌未肯枯 誰教並蔕連枝摘醉後明皇倚太真居士擘開真
有意要吟風味兩家新

小重山

春到長門春草青江梅些子破未開勻碧雲龍碾玉成塵留晚
夢驚破一甌春 花影壓重門疎簾鋪淡月好黃昏二年三度
負東君歸來也着意過今春

臨江仙 梅

庭院深深深幾許雲窗霧閣春遲為誰憔悴損芳姿夜來清夢

五

好應是發南枝　玉瘦檀輕無限恨南樓羌管休吹濃香吹盡
有誰知暖風遲日也別到杏花肥

二

庭院深深深幾許雲窗霧閣常扃柳梢梅萼漸分明春歸秣
陵樹人客建安城　感月吟風多少事如今老去無成誰憐憔
悴更彫零燈花空結蕊離別共傷情

一翦梅

紅藕香殘玉簟秋輕解羅裳獨上蘭舟雲中誰寄錦書來鴈字
回時月滿西樓　花自飄零水自流一種相思兩處閑愁此
情無計可消除纔下眉頭又上心頭

捲珠簾

淚搵征衣脂粉煖四疊陽關唱了千千遍人道山長山又斷蕭蕭微雨聞孤館 惜別傷離方才亂忘了臨行酒盞深和淺若有音書憑過鴈東萊不似蓬萊遠

二

暖雨清風初破凍柳眼梅腮已覺春心動酒意詩情誰與共淚融殘粉花鈿重 乍試夾衫金縷縫山枕斜欹枕損釵頭鳳獨抱濃愁無好夢夜闌猶剪燈花弄

上巳召親族

永夜懨懨懽意少空夢長安認取長安道為報今年春色好花光月影宜相照 隨意杯盤雖草草酒美梅酸恰稱人懷抱醉莫插花花莫笑可憐春似人將老

行香子

草際鳴蛩驚落梧桐正人間天上愁濃雲堦月色關鎖千里縱浮槎來浮槎去不相逢 星橋鵲駕經年纔見想離情別恨難窮牽牛織女莫是離中甚一霎兒晴一霎兒雨一霎兒風

品令

零落殘紅似臙脂顏色一年春事柳飛輕絮笋添新竹寂寞幽對小園嫩綠 登臨未足悵遊子歸期促他年夢魂千里猶到城陰溪曲應有凌波時為故人凝目

㊀

急雨驚秋曉今歲較秋風早一觴一詠更須莫負晚風殘照可惜蓮花已謝蓮房尚小 汀蘋岸草怎稱得人情好有些言語

也待醉折荷花向道道與荷花人比去年揔老

青玉案

征鞍不見邯鄲路莫便匆匆歸去秋風蕭條何以度明窗小酌暗燈清話最好留連處相逢各自傷遲暮猶把新詞誦奇句盐絮家風人所許如今憔悴但餘雙淚一似黃梅雨

殢人嬌 後亭梅開有感

玉瘦香濃檀深雪散今年恨探梅又晚江樓楚館雲閑水遠清晝永凭欄翠簾低卷坐上客來樽前酒滿歌聲共水流雲斷南枝可插更須頻剪莫直待西樓數聲羌管

孤雁兒

藤床紙帳朝眠起說不盡無佳思沉香烟斷玉爐寒伴我情懷

如水笛聲三弄梅心驚破多少春情意　小風疎雨瀟瀟地又
催下千行淚吹簫人去玉樓空腸斷與誰同倚一枝折得人間
天上沒箇人堪寄

滿庭芳

小閣藏春閑窗鎖晝畫堂無限深幽篆香燒盡日影下簾鉤手
種江梅漸好又何必臨水登樓無人到寂寞恰似何遜在揚州
從來知韻勝難堪雨藉不耐風揉更誰家橫笛吹動濃愁莫
恨香銷雪減須信道掃跡情留難言處良宵淡月疎影尚風流

鳳凰臺上憶吹簫

香冷金猊被翻紅浪起來慵自梳頭任寶奩塵滿日上簾鉤生
怕離懷別苦多少事欲說還休新來瘦非干病酒不是悲秋

休休這回去也千萬遍陽關也則難留念武陵人遠烟鎖秦楼
惟有楼前流水應念我終日凝眸凝眸處從今又添一段新愁

聲聲慢

尋尋覓覓冷冷清清悽悽慘慘戚戚乍煖還寒時候正難將息
三盃兩盃淡酒怎敵他晚來風急鴈過也總傷心却是舊時相
識　滿地黃花堆積憔悴損如今有誰忺摘守着窻兒獨自怎
生得黑梧桐更兼細雨到黃昏點點滴滴這次第怎一箇愁字
了得

慶清朝

禁幄低張彤欄巧護就中獨占殘春容華淡竚綽約俱見天真
待得群花過後一番風露曉粧新妖嬈艷態妬風笑月長殢東

君 東城邊南陌上正日烘池館竟走香輪綺筵散日誰人可
繼芳塵更好明光宮殿幾枝先近日邊勻金樽倒拚了盡燭不
管黃昏

念奴嬌 春情

蕭條庭院有斜風細雨重門須閉寵柳嬌花寒食近種種惱人
天氣險韻詩成扶頭酒醒別是閑滋味征鴻過盡萬千心事難
寄樓上幾日春寒簾垂四面玉欄干慵倚被冷香銷新夢覺
不許愁人不起清露晨流新桐初引多少遊春意日高烟斂更
看今日晴未

多麗

小樓寒夜長簾幕低垂恨蕭蕭無情風雨夜夜揉損瓊肌也不

似貴妃醉臉也不似孫壽愁眉韓令偷香徐娘傅粉莫將比擬
未新奇細看取屈平陶令風韻正相宜微風起清芬醞藉不減
酴醾　漸秋闌雪清玉瘦向人無限依依似愁凝漢皐解佩似
淚洒紈扇題詩明月清風濃烟暗雨天教憔悴度芳姿縱愛惜
不知從此留得幾多時人情好何須更憶澤畔東籬

宋詩紀事

錢唐　厲鶚　緝

李清照

清照號易安居士濟南人格非之女趙挺之之子明誠妻其母王狀元拱辰女亦工文章清照晚節不終再適張汝舟流落江湖閒卒有漱玉集

朱子游藝論本朝婦人能文只有李易安與魏夫人李有詩大畧云兩漢本繼紹新室如贅疣所以嵇中散至死薄殷周中散非湯武得國引之以比王莽如此等語豈女子所能

苕溪漁隱叢話易安再適張汝舟未幾反目有啓事與綦處厚云猥以桑榆之晚景配兹駔儈之下材傳者無不笑之

雲麓漫抄易安投翰林學士綦崇禮啓清照啓素習義方竊明詩禮近因疾病欲至膏肓牛蟻不分灰釘已具嘗藥雖存弱弟應門惟有老兵既爾蒼皇因成造次信

彼如簧之說，惑茲似錦之言。弟既可欺，持官文書來輒信；身幾欲死，非玉鏡架亦安知。僶俛難言，優柔莫決。呻吟未定，強以同歸。視聽才分，實難共處。猥以桑榆之晚景，配茲駔儈之下才。身既懷臭之可嫌，惟求脫去；彼素抱璧之將往，決欲殺之。遂肆侵凌，日加毆擊。可念劉伶之肋，難勝石勒之拳。局地扣天，敢效談娘之善訴；升堂入室，素非李赤之甘心。外援難求，自陳何害。豈期末事，廼得上聞。取自宸衷，付之廷尉。被桎梏而置對，同凶醜以陳詞。豈惟賈生羞絳灌為儕，何啻老子與韓非同傳。但祈脫死，莫望償金。友凶橫者十旬，蓋非天降；居囹圄者九日，豈是人為。抵雀捐金，利當安往；將頭碎璧，失固可知。實自繆愚，分知獄市。此蓋伏遇內翰承旨，搢紳望族，冠蓋清流，日下無雙，人間第一。奉天克復，本緣陸贄之詞；淮蔡底平，實以會昌之詔。哀憐無告，雖未解驂；感戴鴻恩，如真出己。故茲白首，得免丹書。清照敢不省過知慚，捫心識愧。責全責智，已難逃萬世之譏；敗德敗名，何以見中朝之士。雖南山之竹，豈能窮多口之談；惟智者之言，可以止無根之謗。高鵬尺鷃，本異升沉；火鼠冰蠶，難同嗜好。達者共惜，童子皆知。願賜品題，與加湔洗。誓當布衣蔬食，溫故知新。再見江山，依舊一瓶一鉢；重歸畎畝，更須三沐三薰。忝在葭莩，敢茲塵瀆。

清波雜志：頃見易安族人言：明誠在建康日，易安每值天大雪即頂笠披蓑循城遠覽以尋詩得句必邀其夫賡和明誠每苦之也四六談麈唐人祭文多用四六雖韓退之亦然故李易安祭趙湖州文曰白日正中歎龐公之機捷堅城自墮悽杞婦之悲深婦人四六之工者琅環記李易安賀人孿生啟中有云無午未二時之分有伯仲兩楷之似既繫臂而繫足實難弟而難兄玉刻雙璋錦挑對褓注曰任文二子孿生德卿生于午道卿生于未張伯楷仲楷兄弟形狀無二白汲元弟毋不能辨以五綵縷一繫于臂一繫于足

上樞密韓公工部尚書胡公 并序

紹興癸丑五月兩公使金通兩宮也易安父祖出韓公門下見此大號令不能忘言作詩各一章以寄意以待采詩者云

三年夏六月天子視朝久凝旒望南雲垂衣思北狩如聞帝若曰岳牧與羣后賢寧無半千運已過陽九勿勒燕然銘勿種金

城柳豈無純孝臣識此霜露悲何必羹捨肉便可車載脂土地非所惜玉帛如塵泥誰當可將命幣厚辭益卑四岳僉曰俞臣下帝所知中朝第一人春官有昌黎身為百丈特行足萬人師嘉祐與建中為政有臯夔漢家畏王商唐室尊子儀是時已破膽將命公所宜公拜手稽首受命白玉墀曰臣敢辭難此亦何等時家人安足謀妻子不必辭顧奉天地靈顧奉宗廟威徑持紫泥詔直入黃龍城北人定稽顙侍子當來迎仁君方博信狂生休請纓或取犬馬血與結天日盟

胡公清德人所難謀同德協心志安脫衣已被漢恩煖離歌不道易水寒皇天久陰后土溼雨勢未回風勢急車聲轔轔馬蕭蕭壯士懦夫俱感泣閭閻嫠婦亦何知瀝血投書干記室葵丘

踐土非荒城勿輕談士棄儒生露布詞成馬猶倚峭函關出雞未鳴巧匠何曾棄樗櫟芻蕘之言或有益不乞隋珠與和璧只乞鄉關新信息靈光雖在應蕭條草中翁仲今何若遺氓豈尚種桑麻敗將如聞保城郭嫠家父祖生齊魯位下名高人比數當時稷下縱談時猶記人揮汗成雨子孫南渡今幾年漂零遂與流人伍欲將血淚寄山河去灑東山一坏土　雲麓漫抄

浯溪中興頌詩　和張文潛

五十年功如電掃華清花柳咸陽草五坊供奉鬬雞兒酒肉堆中不知老胡兵忽自天上來逆胡亦是姦雄才勤政樓前走胡馬珠翠踏盡香塵埃何為出戰輒披靡傳置荔枝多馬死堯功舜德本如天安用區區紀文字著功碑銘德真陋哉迺令神鬼

磨山崖子儀光衒不用猜天心悔禍人心開夏為殷鑒當深戒簡策汗青今具在君不見當時張說最多機雖生已被姚崇賣君不見驚人廢興傳天寶中興碑上今生草不知負國有姦雄但說成功尊國老誰令妃子天上來虢秦韓國皆天才苑桑羯鼓玉方響春風不敢生塵埃姓名誰復知安史健兒猛將安眠死去天尺五抱甕峯峯頭鑿出開元字時移勢去真可哀姦人心釀醜深如崖西蜀萬里尚能反南內一閉何時開可憐孝德如天大反使將軍稱好在嗚呼奴輩乃不能道輔國用事張后尊乃能念春薺長安作斤賣 清波雜志

曉夢

曉夢隨疎鐘飄然躡雲霞因緣安期生邂逅萼綠華秋風正無

賴吹盡玉井花共看藕如船同食棗如瓜翩翩坐上客意妙語亦佳嘲辭鬬詭辯活火分新茶雖非助帝功其樂何莫涯人生能如此何必故歸家起來斂衣坐掩耳厭喧譁心知不可見念念猶咨嗟

感懷

寒窗敗几無書史公路可憐合至此青州從事孔方君終日紛紛喜生事作詩謝絶聊閉門燕寢凝香有佳思靜中我乃見至交烏有先生子虛子

春殘

春殘何事苦思鄉病裏梳頭眼最長梁燕語多終日在薔薇風細一簾香 以上彤管遺編

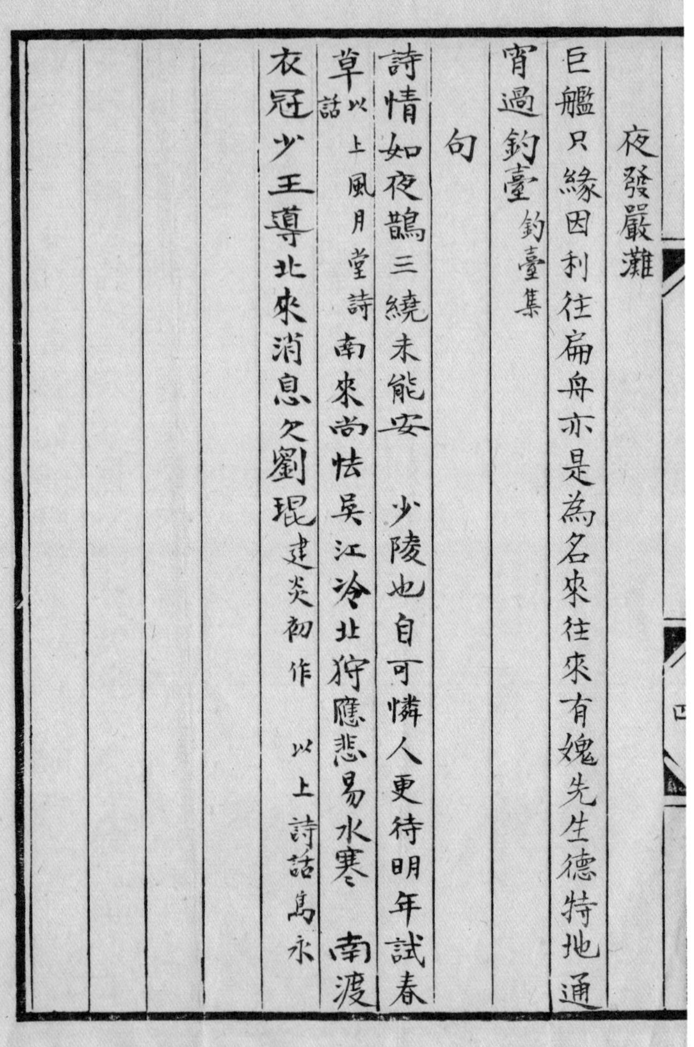

夜發嚴灘

巨艦只緣因利往，扁舟亦是為名來。往來有媿先生德，特地通宵過釣臺。釣臺集

句

詩情如夜鵲，三繞未能安。少陵也自可憐人，更待明年試春草。以上風月堂詩話

南來尚怯吴江冷，北狩應悲易水寒。南渡衣冠少王導，北來消息欠劉琨。建炎初作　以上詩話雋永

打馬圖

清嘉慶間秦氏石研齋鈔本

據中國國家圖書館藏秦氏石研齋鈔本影印原書板框高約十九點三厘米寬約十四點一厘米

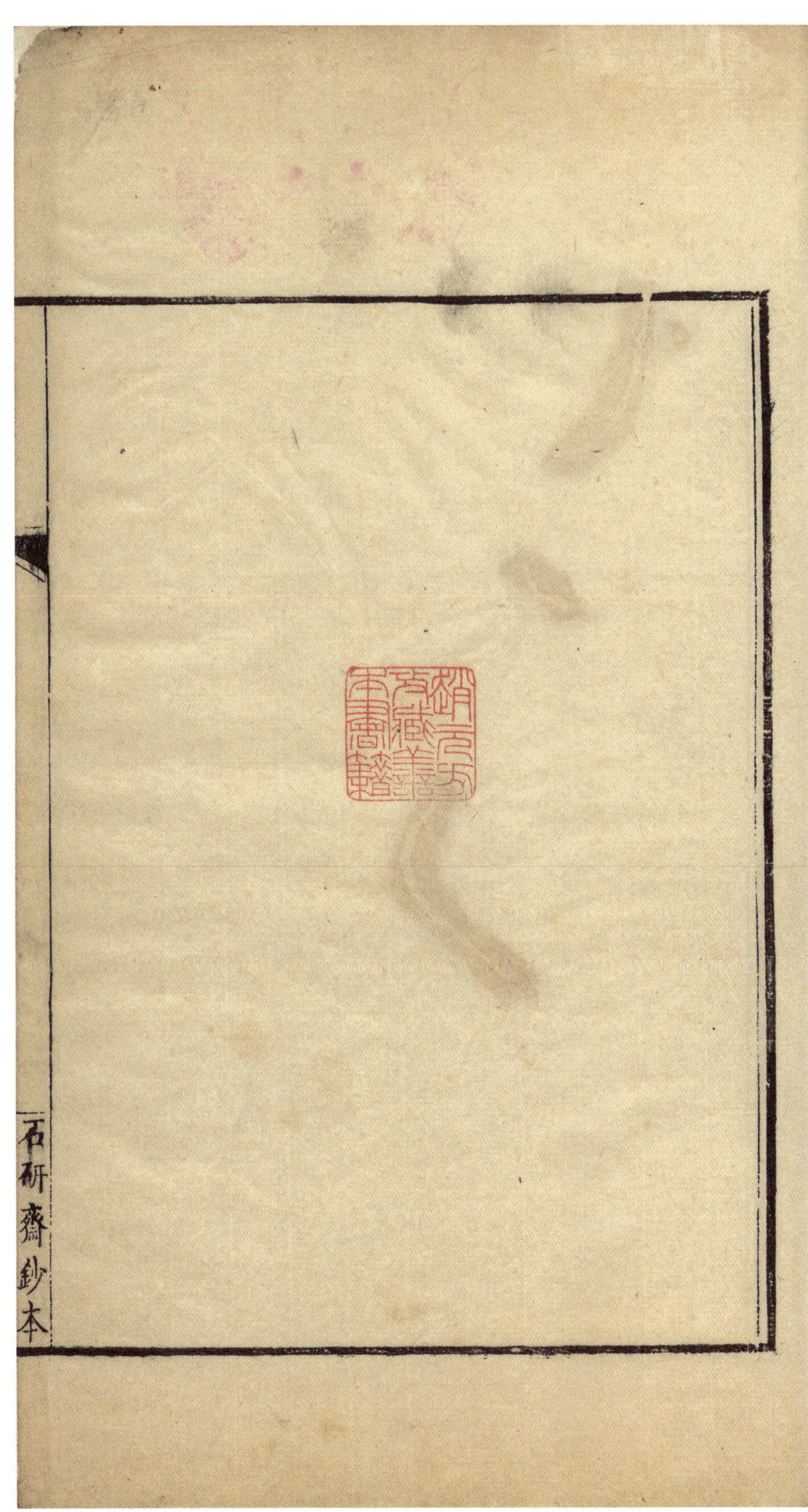

石研齋鈔本

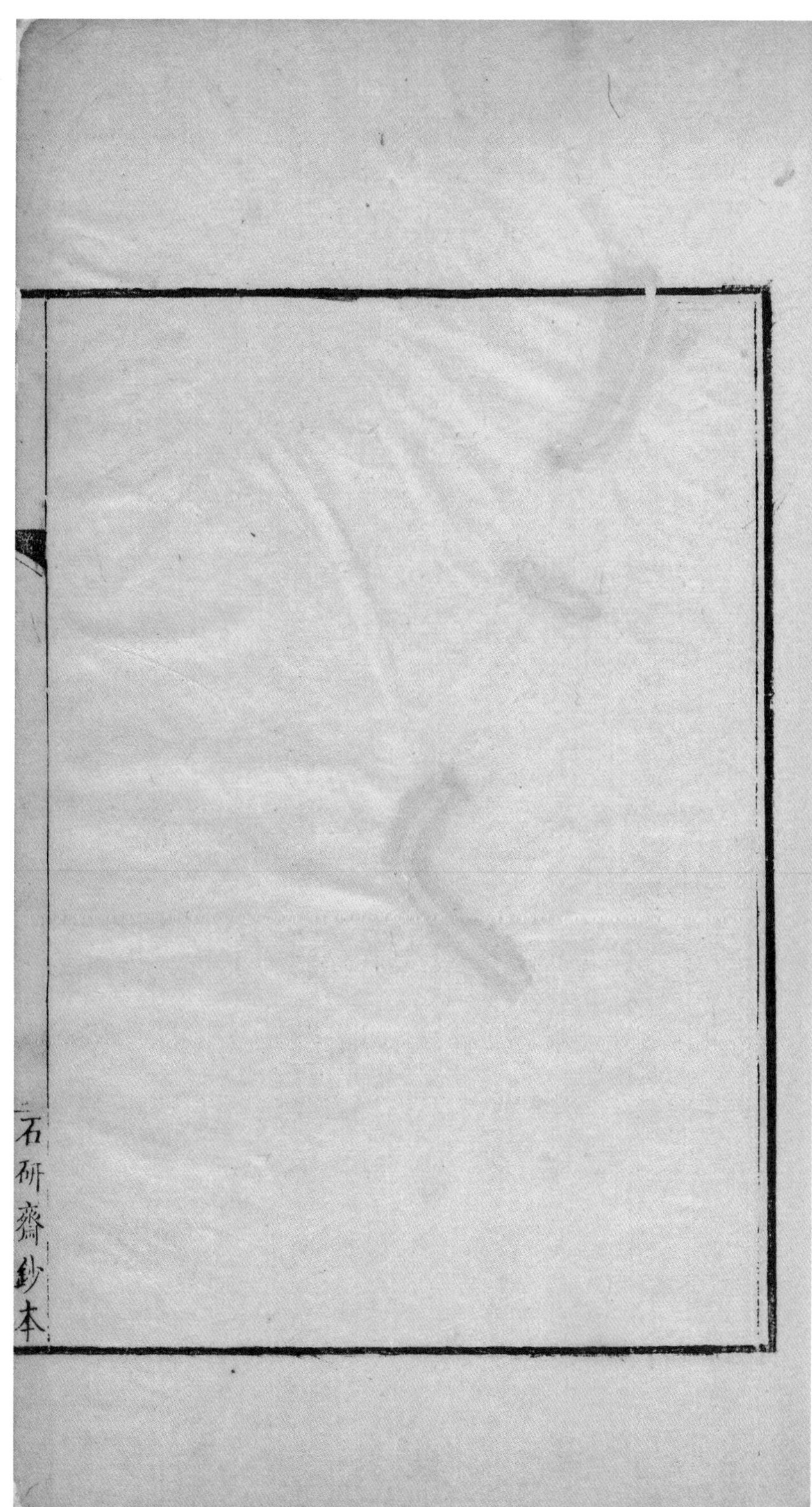
石研齋鈔本

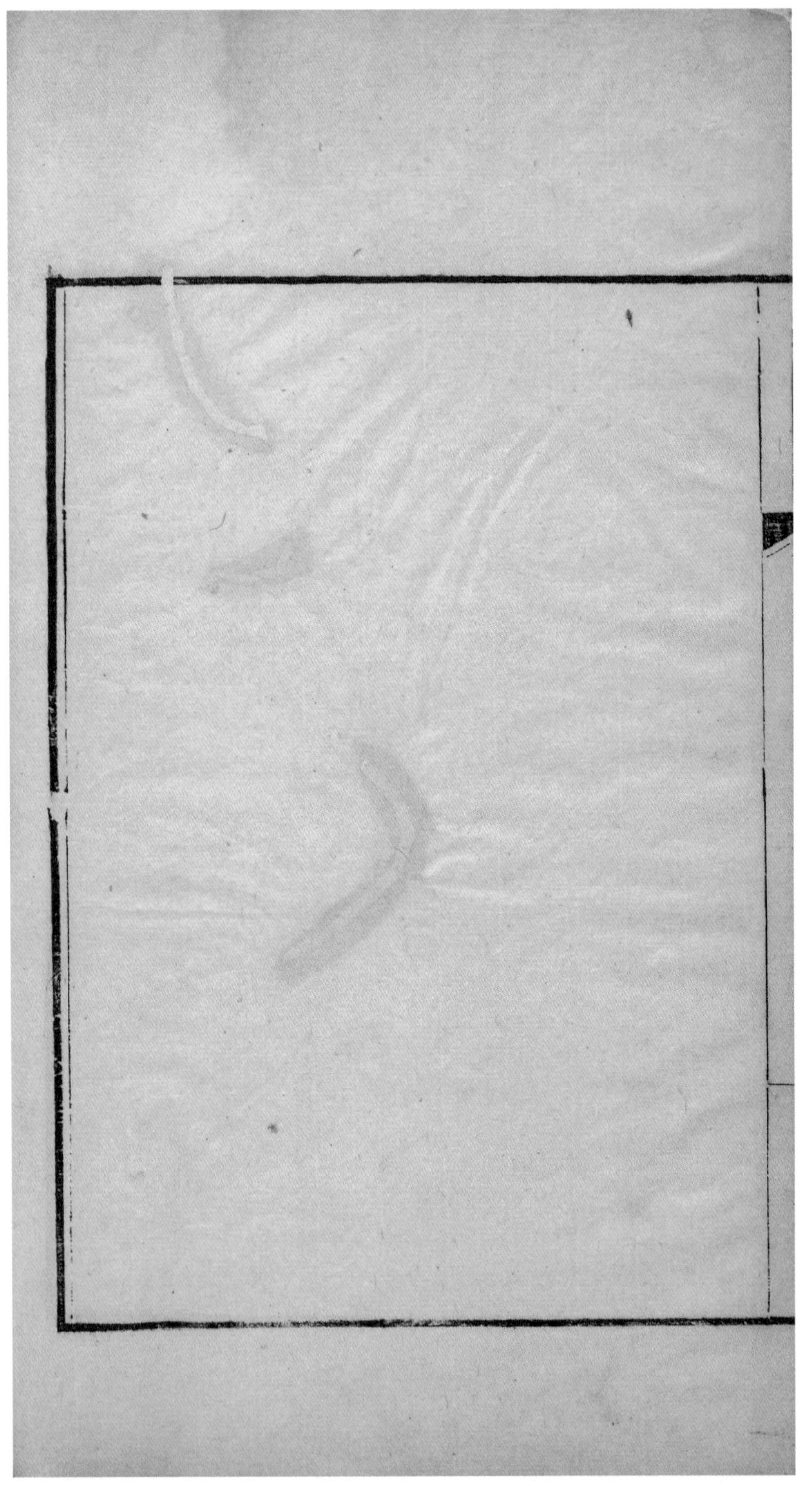

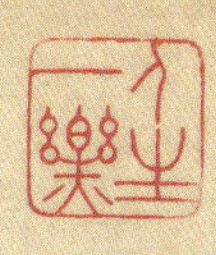

打馬圖序

慧則通通則無所不達專即精精即無所不妙故庖丁之解牛郢人之運斤師曠之聽離婁之視大至於堯舜之仁桀紂之惡小至於擲豆起蠅巾角拂棊皆臻至理者何妙而已後世之人不惟學聖人之道不到聖處雖嬉戲之事亦得其依稀彷彿而遂止者多矣夫愽者無他爭先術耳故專者能之予性專愽凡所謂愽者皆耽之晝夜每忘食事但平生隨多寡未嘗不進者何精而已自南渡來流

石研齋鈔本

離遷徙盡散博具故罕為之然實未嘗忘於胸中也今年冬十月朔聞淮上警報江浙之人自東走西自南走北居山林者謀入城市居城市者謀入山林旁午絡繹莫知所之易安居士亦臨安泝流涉嚴灘險抵金華卜居陳氏第乍釋舟楫而見軒窗意頗適然更長燭明奈此良夜何於是乎博奕之事講矣且長行葉子博塞彈棊世無傳者打褐大小猪窩族鬼胡畫數倉賭快之類皆鄙俚不經見藏酒摴蒱雙蹙融近漸廢絕選僊加減插關

火質魯任命無所施施其智巧大小象戲奕棊又惟可容二人獨采選打馬特為閨房雅戲嘗恨采選叢繁勞于檢閱彼能通者少難遇勍敵打馬簡要而苦無文采按打馬世有二種一種一將十馬者謂之關西馬一種無將二十馬者謂之依經馬流行既久各有圖經凡例可攷行移賞罰互有同異又宣和間人取二種馬參雜加減大約交加僥倖古意盡矣所謂宣和馬者是矣予獨愛依經馬因取其賞罰互度每事作數語隨事附見使兒輩

圖之不獨施之慱徒實足貽諸好事使千萬世後知命辭打馬始自易安居士也時紹興四年十一月二十有四日易安居士李清照

序

打馬圖目録

石研齋鈔本

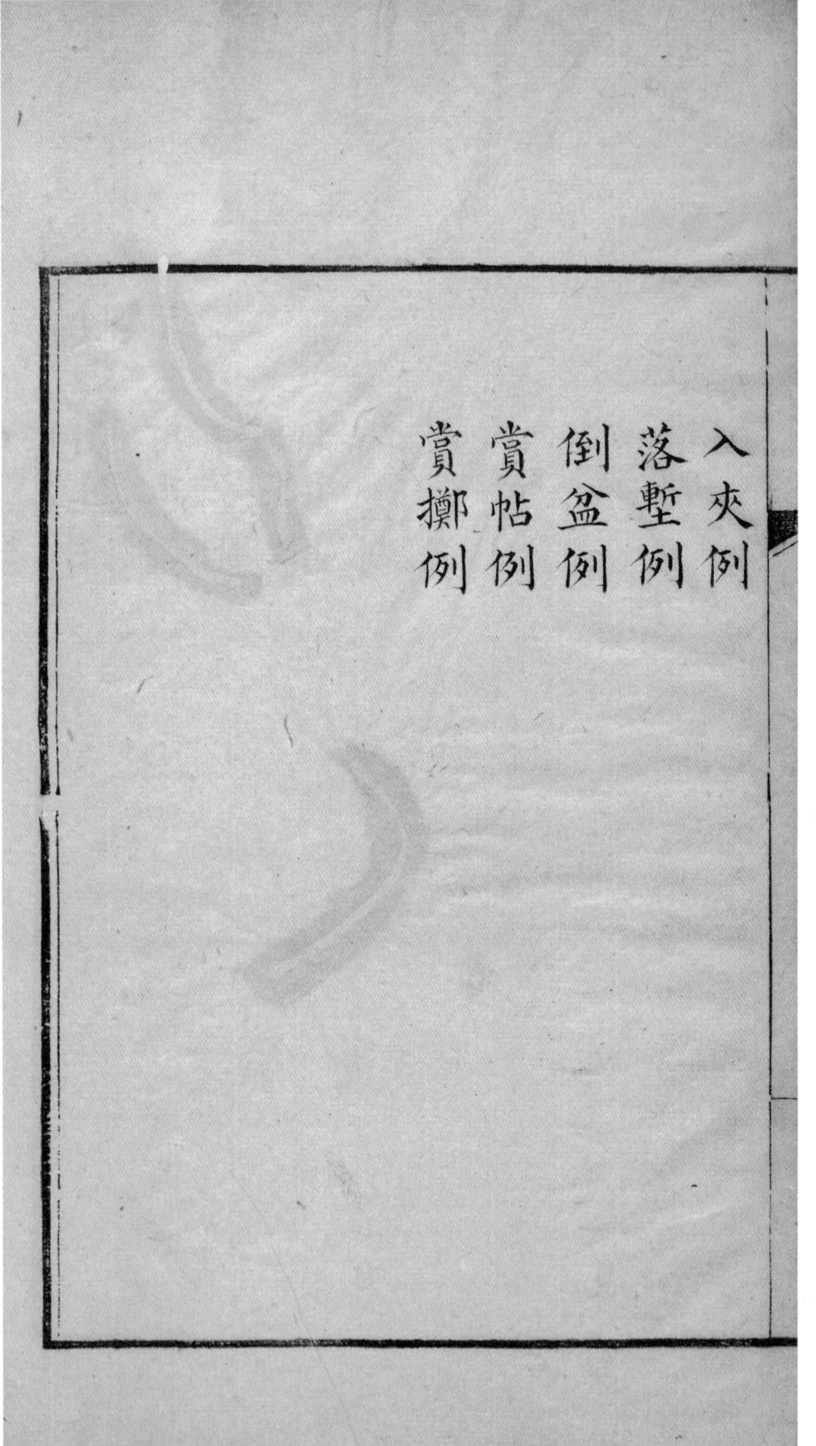

入夾例

落塹例

倒盆例

賞帖例

賞擲例

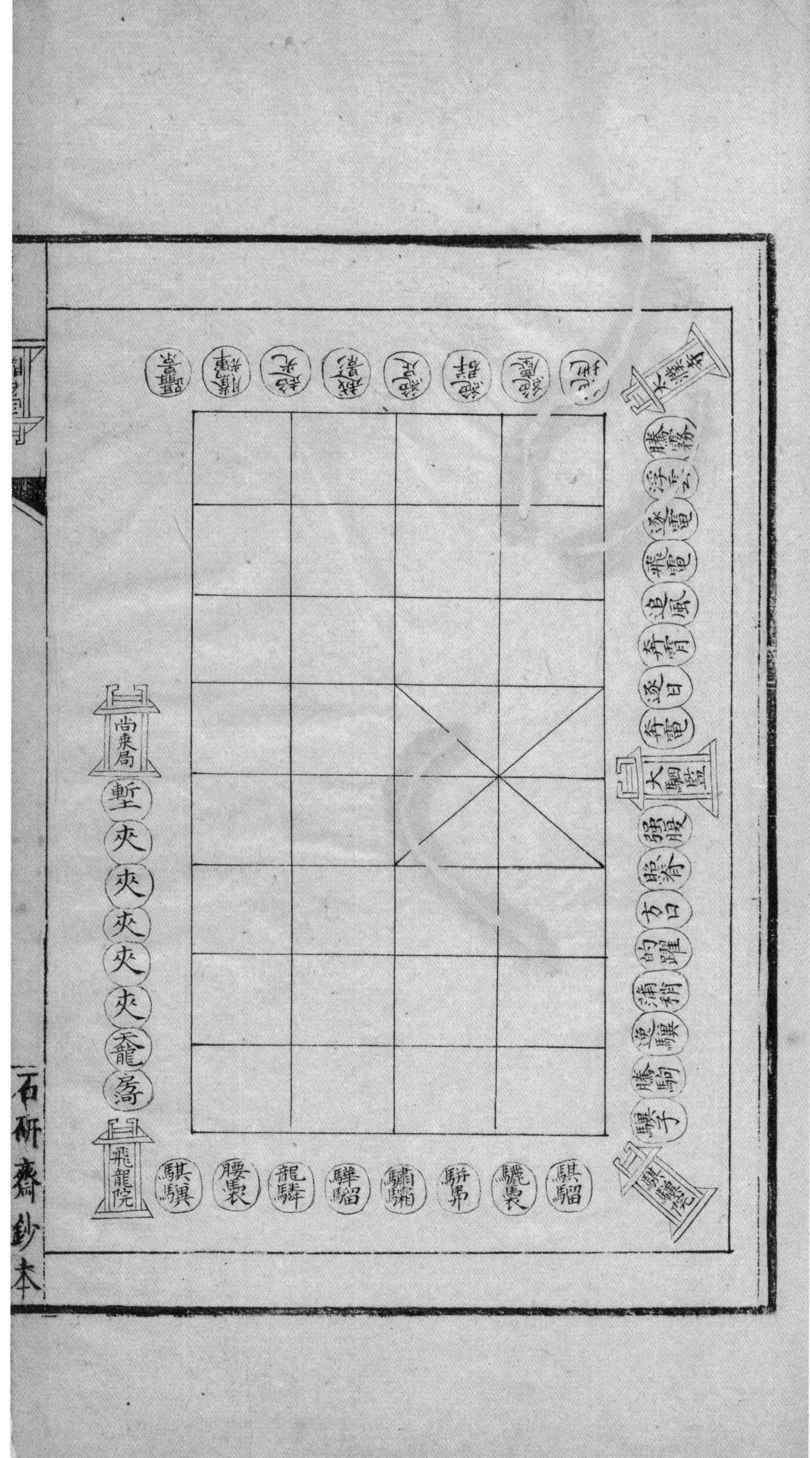
尚乘局
飛龍院
大騣盛
石研齋鈔本

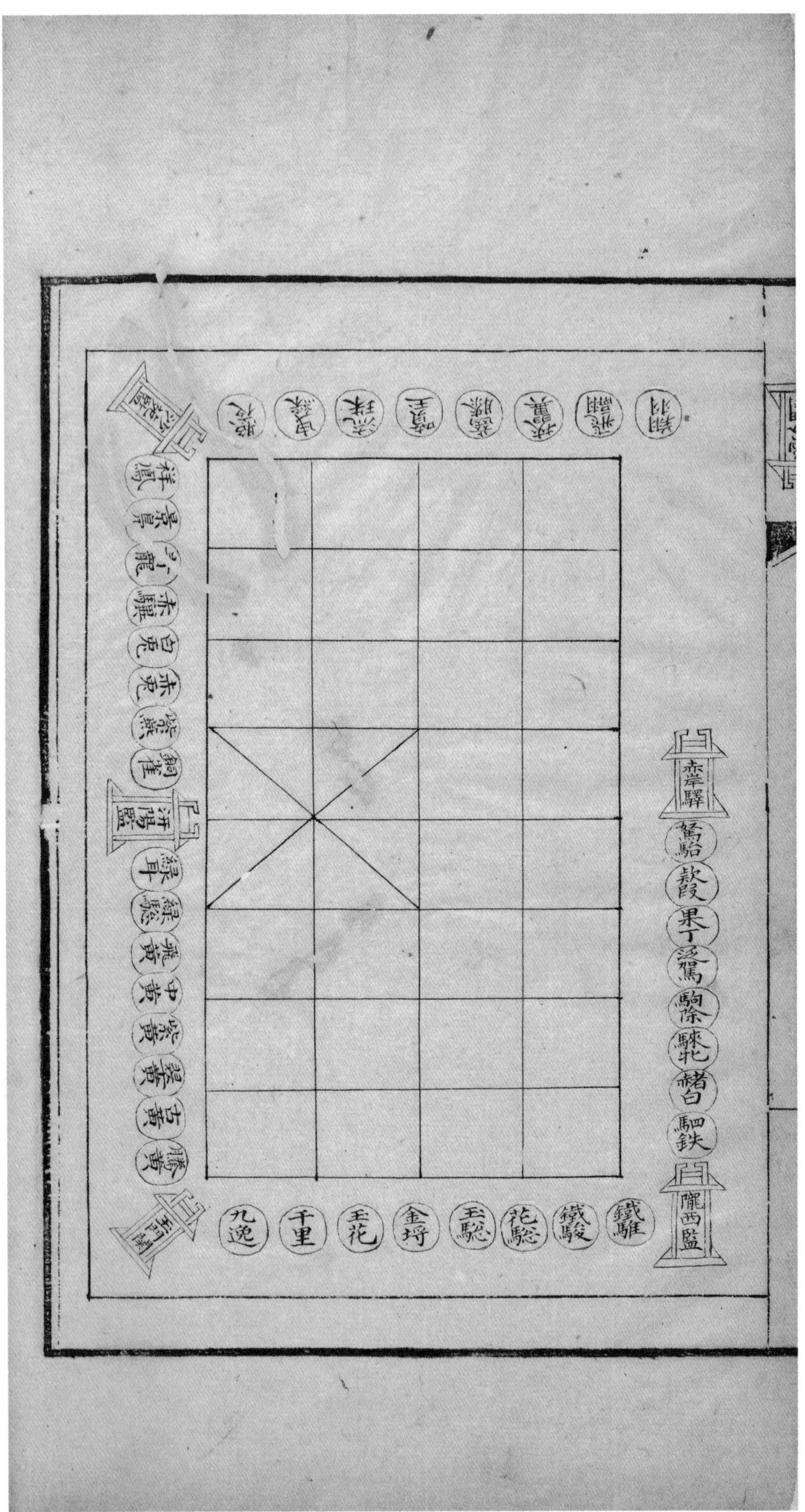

色樣圖

賞色	⚃⚃⚃	堂印	⚅⚁⚅	篳篥	⚃⚁⚃	醉十
計十	⚅⚅⚅	碧油	⚁⚄⚅	暮宿	⚀⚂⚄	撮九
一采	⚄⚄⚄	桃花重五	⚅⚀⚅	大鎗	⚀⚁⚅	拐九
自堂	⚂⚂⚂	雁行兒	⚄⚂⚄	皂鶴	⚁⚂⚃	妹九
印至	⚁⚁⚁	拍板兒	⚂⚃⚅	野雞頂	⚁⚄⚁	夾九
撮十	⚀⚀⚀	滿盆星	⚃⚄⚃	八五	⚂⚁⚂	雁八
	⚅⚄⚅	黑十七	⚂⚃⚄	花羊	⚀⚂⚃	撮八
	⚃⚄⚅	馬軍	⚄⚁⚄	丫角兒	⚀⚁⚄	拐八
	⚁⚂⚅	靴楦	⚂⚂⚅	條巾	⚀⚅⚀	大肚
	⚀⚃⚄	銀十	⚁⚃⚅	赤十二	⚁⚃⚁	夾八

石研齋鈔本

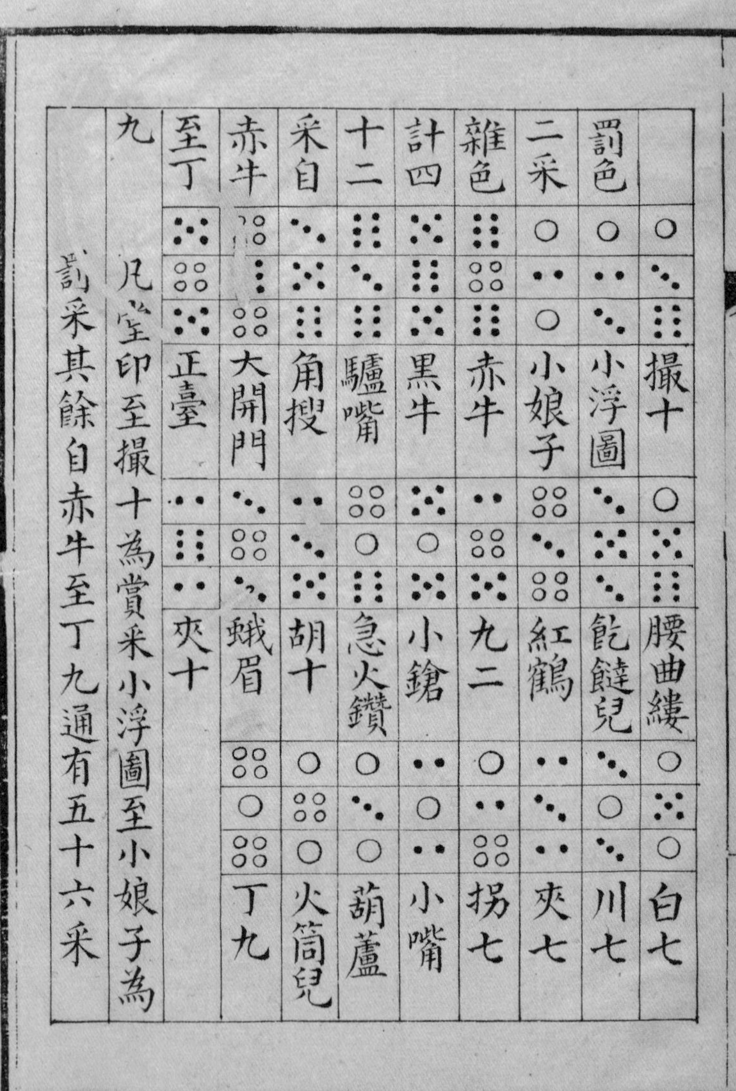

	⚀⚂⚅	撮十	⚀⚄⚅	腰曲縷	⚀⚄⚀	白七
罰色	⚀⚁⚂	小浮圖	⚂⚄⚂	飽鏈兒	⚂⚀⚂	川七
二采	⚀⚁⚀	小娘子	⚃⚂⚃	紅鶴	⚁⚂⚁	夾七
雜色	⚅⚃⚅	赤牛	⚁⚃⚄	九二	⚀⚁⚃	拐七
計四	⚄⚅⚄	黑牛	⚄⚀⚄	小鎗	⚁⚀⚁	小嘴
十二	⚅⚂⚅	驢嘴	⚃⚀⚅	急火鑽	⚀⚂⚀	葫蘆
采自	⚂⚄⚅	角搜	⚁⚂⚄	胡十	⚀⚃⚀	火筒兒
赤牛	⚃⚂⚃	大開門	⚂⚃⚂	蛾眉	⚃⚀⚃	丁九
至丁	⚄⚃⚄	正臺	⚁⚅⚁	夾十		

九　凡堂印至撮十為賞采小浮圖至小娘子為罰采其餘自赤牛至丁九通有五十六采

新編打馬賦

歲令云徂盧或可呼千金一擲百萬十都樽俎具陳已行揖讓之禮主賓既辭不有博奕者乎打馬爰興摴蒱遂廢實博奕之上流乃閨房之雅戲齊驅驥騄疑穆王萬里之行間列元黃類楊氏五家之隊珊珊佩響方驚玉鐙之敲落落星羅忽見連錢之碎若乃吳江楓落胡山葉飛玉門關閉沙苑草肥臨波不渡似惜障泥或出入用奇有類昆陽之戰或優游仗義正如涿鹿之師或聞望久高脫復

石研齋鈔本

庚郎之失或聲名素昧便同癡叔之奇亦有緩緩而歸昂昂而立烏道驚馳蟻封安步欹嶇峻坂未遇王良跼促鹽車難逢造父且夫丌陵云遠白雲在天心存戀荳志在著鞭止蹄黄葉何異金錢用五十六采之間行九十一路之内明以賞罰覈其殿最運指揮於方寸之中決勝負於幾微之外且好勝者人之常情小藝者士之末技説梅止渴稍蘇犇競之心畫餅充饑少謝騰驤之志將圖實效故臨難而不回欲報厚恩故知機而先退或銜

枚緩進已踰關塞之艱或奮勇爭先莫悟穽
塹之墜皆出不知止足自貽尤悔況爲之不
已事實見於正經用之以誠義必合於天德
故遶牀大叫五木皆盧瀝酒一呼六子盡赤
平生不負遂成劍閣之師別墅未輸已破淮
淝之賊今日豈無元子明時不乏安石又何
必陶長沙慱局之投正當師袁彥道布帽之
擲也辭曰
佛貍定見酉年死貴賤紛紛尚流徙滿眼驊
騮雜騄駬時危安得真致此老矣誰能志千

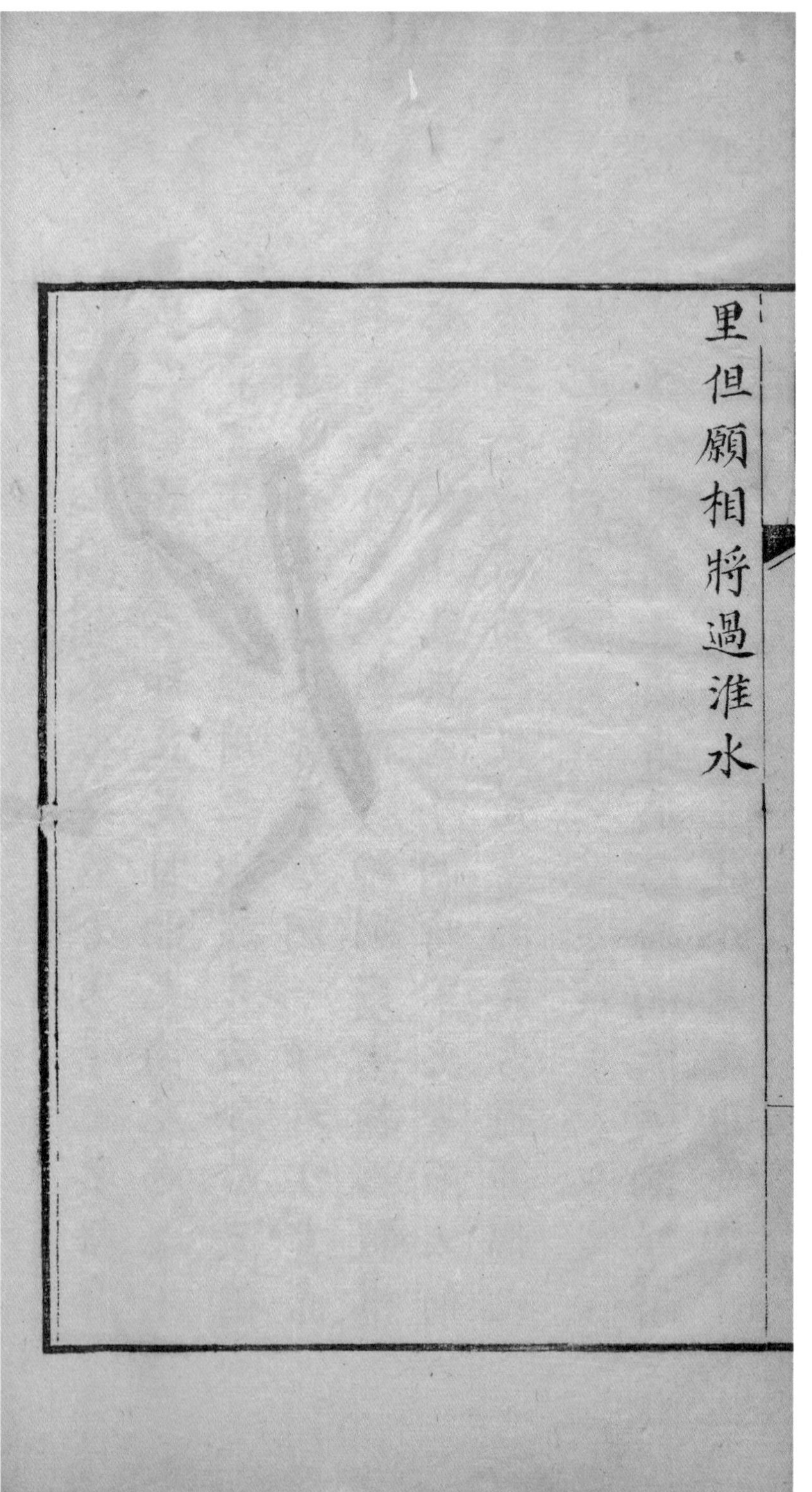

里但願相將過淮水

鋪盆例

凡置局二人至五人鈎聚錢置盆中臨時商量多寡從衆然不可過四五人之數多則本采交錯多致喧閙矣

既先設席豈憚攫金便請著鞭謹令編埒罪而必罰已從約法之三章賞必有功勿效遶牀之大叫凡不從衆議喧閙者罰十帖入盆

本采例

凡第一擲謂之本采如擲賞罰色即不得認作本采到飛龍院真本采方許過如皂鶴是真本采凡十三大鎗之類皆是傍本

石研齋鈔本

采也

公車射策之初記其甲乙神武掛冠之日定彼去留汝其有始有終我則無偏無黨

下馬例

凡馬每二十匹用犀象刻成或鑄銅為之如大錢樣刻其文為馬文各以馬名別之如驊騮山子之類或只用錢各以錢文為別仍雜彩染其文須用當二當三錢以給盜下之事

堂印四渾花下八匹賞八帖如千十二本采更下二匹

碧油六渾花下六匹賞六帖

桃花重五五渾花下五匹賞五帖如十五本采更下二匹

雁行兒三渾花下四匹賞四帖如九本采更下二匹

拍皈兒二渾花下四匹賞四帖如六本采更下二匹滿盆星幺渾花下四匹賞四帖真本采下三匹賞三帖傍本采下二匹賞二帖承人真撞謂下次人擲采與上次人本采同即是真撞譬如上次人擲出妹九下次人亦擲出妹九便謂真撞下三匹賞三帖自擲賞色靴楦銀十黑十七馬軍傍本采各下二匹賞二帖別人擲撞自家真本采下三匹賞三帖別人擲自家傍本采傍撞各下二匹賞一帖上次擲罰采小浮圖小娘子各下二匹○以下闕佚

餘散采下一匹賞二帖

夫勞多者賞必厚，施重者報必深。或再見而取十官，或一門而列三戟。又昔人君每有賜臣下，必先以乘馬焉。秦穆公悔，赦孟明，解左

石研齋鈔本

驂而贈之是也豐功重錫爾自取之予何厚薄焉凡下次人來有本采上次人雖擲賞采不理賞擲

行馬例

凡馬局十一窩遇入窩不打賞一擲後來者馬雖多亦不許行九陽數也或故數九而立窩窩險塗也故入窩而必賞既能據險一以當千便可成功寡能敵衆請回後騎以避先登

凡疊成十馬方許過函谷關十馬先過然後餘馬隨多少得過自至函谷關則少馬不許踰別人多馬如前後有多馬不許行俟多馬移動方許行馬數同即許行

自馬不礙行百里者半九十汝其知乎方茲萬勒爭先千羇競轃得其中道止以半塗如能疊騎先馳方許後來繼進既施薄効須稍旌甄可倒[illegible][illegible]

凡疊足二十馬到飛龍院散采不得行直待自擲真本采堂印碧油雁行兒拍板兒滿盆星諸賞采等及別人擲自家真本采上次擲罰采方許過

萬馬無聲恐是啣枚之後千蹄不動疑乎立仗之時如能翠幕張油黄扉啓印雁歸沙漠

花發武陵歌筵之小板初齊天際之流星暫聚或受彼罰或旌已勞或當謝事之時復過出身之數語曰隣之薄家之厚也以此始者以此終手皆得成功俱無後悔

打馬例

凡多馬遇少馬點數相及即打去馬馬數同亦許打去任便取下

衆寡不敵其誰可當成敗有時夫復何恨或往而旋返有同虞國之留或去亦無傷有類塞翁之失欲刷孟明五敗之耻好求曹劌一

旦之功其勉後圖我不汝棄
凡打去人全垜馬倒半盆被打人出局如願
再下者亦許
趙幟皆張楚歌盡起取功定霸一舉而成方
西隣責言豈可蟻封共處既南風不競固難
金埒同居便請回鞭不須戀廐
被打去全馬人願再下
虧于一簣敗此垂成久伏鹽車方登峻坂豈
期一蹶遂失長塗恨羣馬之皆空忿前功之
盡棄但素蒙剪拂不棄駑駘願守門闌再從

石研齋鈔本

驅策訴風驤首已傷令日之障泥戀主啣恩更待明年之春草

倒行例

凡遇打馬過疊馬遇入窩許倒行

唯敵是求唯險是據後騎欲來前馬反顧既將有為退亦何害語不云乎日暮途遠故倒行而逆施之也

入夾例

凡遇飛龍院下三路謂之夾散采不許行遇諸夾采方許行

謂如六六么行一路么么六行六路之類雖渾花亦只算夾采如碧油行六路滿盆星行一路之類夾六細滿矣

昔晉襄公以二陵而勝者李亞子以夾寨而興者禍福倚伏其何可知汝其勉之當取大捷

落塹例

凡尚乘局下一路謂之塹不行不打雖後有馬到亦同落塹謂之同處患難直待自擲諸渾花賞采真本采傍本采別人擲自家真本采傍本采上次擲罰采下次擲真傍撞方許依元初下馬之數飛出飛盡爲倒盆每飛一匹賞一帖

凜凜臨危正欲騰驤而去駸駸遇伏忽驚穽塹之投項羽之騅方悲不逝元德之騎已出如飛既勝以奇當旌其異請同凡例亦倒全盆

倒盆例

凡十馬先到函谷關倒半盆打去人全馬倒半盆全馬先到尚乘局為細滿倒倍盆遇尚乘局為麤滿倒一盆落塹馬飛盡同麤滿倒一盆

瑶池宴罷騏驥皆歸大宛凱旋龍媒並入已

窮長路安用揮鞭未賜弊帷尤宜報主驥雖伏櫪萬里之志長存國正求賢千金之骨不棄定收老馬欲取奇駒既以解請為三年之賜如圖再戰願成他日之功

賞帖例

凡謂之賞帖者臨時商量用錢為一帖自擲諸渾花賞采真傍本采各隨下馬匹數在局皆供别人擲人真傍本采隨手真傍撞上次罰采各隨下馬匹數犯事人供凡打馬得一馬賞一帖被打人供落塹飛出馬一匹賞一

帖在局人皆供

賞擲例

凡自擲諸渾花諸賞采真傍本采打得馬疊得馬飛得馬皆賞一擲别人擲自家真傍本采上次擲罰采皆賞一帖

此書與劉敞漢官儀相類余得宋槧半部比之說郛所載微有不同因命鈔手錄出續以說郛補之遂成完書易安著作甚少可與金石錄並傳矣丁丑除夕前二日秦伯敦夫呵凍書

石研齋鈔本

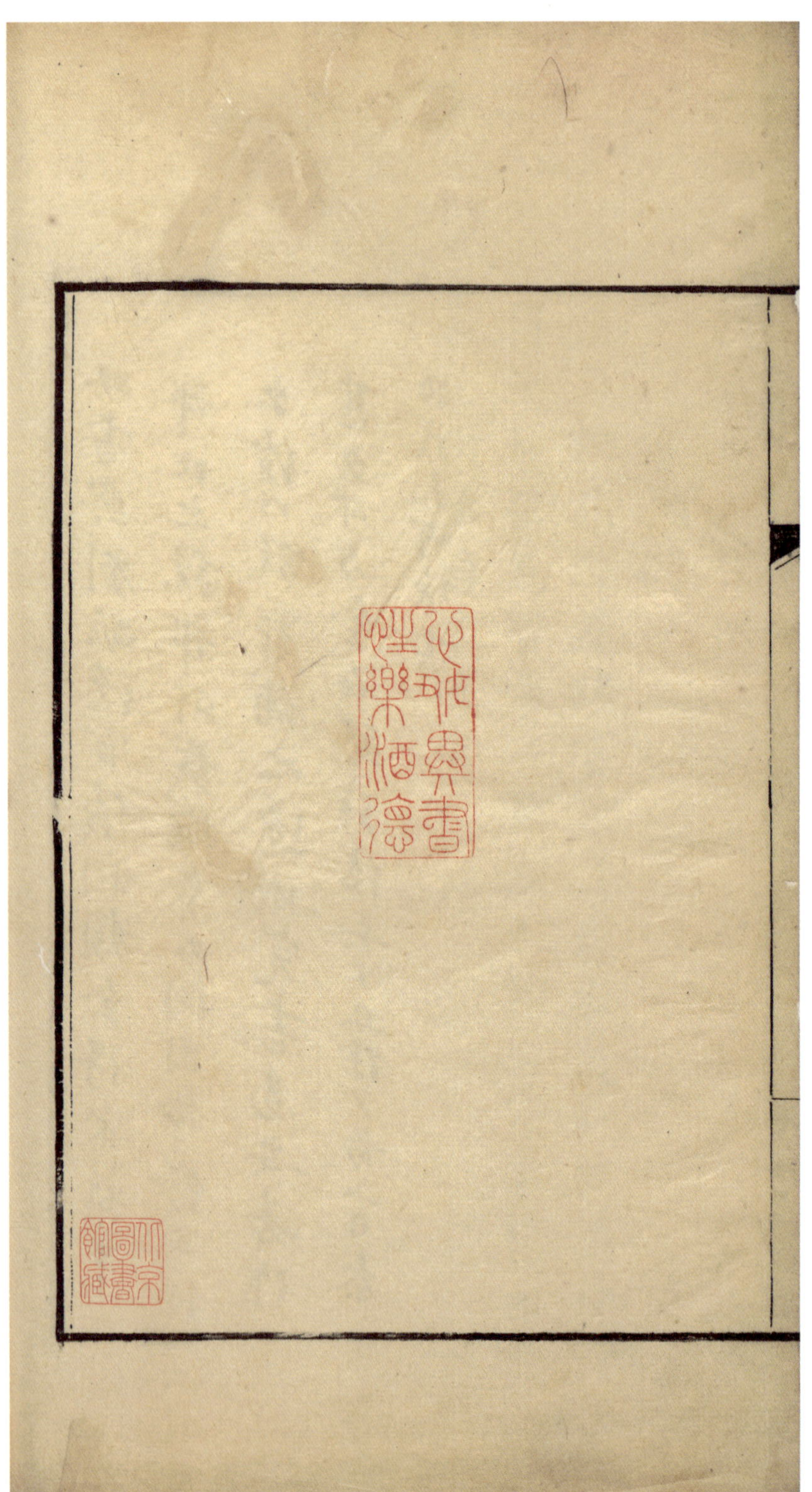

據欣賞編校補數處秦所據補宋本者爲說郛說郛本非善本也